중딩들은 행복중

중딩들은 행복중

특별한, 혹은 특별하지 않은 우리들의 행복 이야기

초판 1쇄 인쇄_ 2019년 02월 20일 | **초판 1쇄 발행**_ 2019년 02월 25일
지은이_Enjoy Writing Books | **엮은이**_김다정 | **펴낸이**_진성옥외 1인 | **펴낸곳**_꿈과희망
디자인·편집_김창숙·윤영화
주소_서울시 용산구 한강대로 76길 11-12 5층 501호
전화_02)2681-2832 | **팩스**_02)943-0935 | **출판등록**_제2016-000036호
E-mail_jinsungok@empal.com
ISBN_979-11-6186-065-7 43810

2020 대구광역시교육청 책쓰기 프로젝트
고산중학교 '중딩! 책쓰다' 그 두 번째 이야기

중딩들은 행복중

특별한, 혹은 특별하지 않은 우리들의 행복 이야기

Enjoy Writing Books 지음
김다정 엮음

꿈과희망

책머리에

이 책은 2019. 고산중학교 'Enjoy Writing Books'에서 진행 중인 [중딩들은] 시리즈 책쓰기 활동을 통해 묶어낸 아이들의 마음과 생각들입니다. 2018. 〈중딩들은 혁명중〉에서 4차 산업혁명을 주제로 선정할 때도 겪었듯 이번에도 주제를 정하기 위해서 많은 고민을 했습니다. 각자의 관심이 달랐기에 희망하는 주제도 다양했죠. 그러던 중 3학년 친구가 몇 년 동안 감상했던 영화 중에서 십대들이 보면 즐겁고 행복해지는 영화들을 소개하고 싶다고 했습니다. "그래! 행복. 우리 '행복'을 주제로 글을 써보면 어떨까? 행복하다고 느끼는 기준은 모두 다르지만, 누구나 행복을 꿈꾸고 행복하기를 바라니까 말이야."라고 이야기를 나누었고, 그리하여 공통의 관심사이자 목표인 '행복'이 우리의 책쓰기 주제가 되었습니다.

작년에 읽었던 책 『곰돌이 푸』 시리즈 중에서 이런 구절이 종종 떠오릅니다. "매일 행복하진 않지만, 행복한 일은 매일 있어." 그렇습니다. 사실 우리 삶에서 행복한 일은 매일 있는데, 우리가 그걸 발견하지 못하는 것이 아닐까요? 과연 아이들은 어떠한 행복을 발견하고 꿈꾸고 있을까요? 그러한 생각과 경험들을 이 글 속에 담았습니다. 가볍게는 우리의 일상과 즐겨 하는 매체 속에서 찾고, 때로는 아픔을 치유하기도 했으며, 사뭇 진지하게 사유해 보기도 했습니다.

책쓰기는 아무리 짧고, 초보적인 내용일지라도 구상하고 실행하고 평가하는 전 과정을 담는다고 생각합니다.

우리의 삶이 실수와 도전을 반복하며 발전해 나가듯, 책쓰기도 그러했습니다. 진행 과정 속에서 우리는 한층 성장할 수 있었습니다. 그리고 서툴지만 행복에 대해 고민하고 풀어 나가며 '나-우리는 참 행복하구나'를 깨닫기도 했습니다.

사실 어느 해보다도 짧고 강렬한 책쓰기 활동이었기에 아쉬움도 많이 남습니다. 아쉬움은 또 다른 시작의 양분이 되어 주리라 생각합니다. 이 경험을 간직하고 어른이 되어서도 나만의 책을 한 권쯤 써 볼 수 있기를 바랍니다. 책쓰기 동아리 활동을 통해 함께 책을 읽고, 마음을 나누며, 글을 써 보았고 이러한 경험들이 우리 아이들이 자신의 삶의 주인으로 세상을 살아가는데 필요한 힘과 용기 한 순가락이 되었기를 기대해 봅니다.

마지막으로, 지금이 소중한 추억이 되기를

무엇보다 모든 학생들이 앞으로도 '행복'하기를 바라며

참여한 학생들 모두 고맙습니다. 또한 저희 동아리 결과물을 읽어 주신 여러분께 감사드립니다.

2020년 1월 지도교사

김다정

차례

나는야
희화고의
밍아름

Enjoy Writing Books
김수현

김수현

○ **나이** : 16세

○ **나의 꿈은?** 국어 선생님
   (아⋯⋯ 그런데 글을 쓰다 보니 내가 국어 선생님을 잘할 수 있을 것인가에 대한 대한 의문이 들기도 했습니다.)

○ **나의 취미**: 음악 듣기, 포토샵 하기
○ **나의 매력**: 큰 키, 우렁찬 목소리
○ **좌우명**: 돈에 구애받지 말고 후회 없는 멋진 삶을 살자
○ **지금 이 순간의 가장 큰 관심사**: 세븐틴, 고등학교

○ **나에게 행복이란**
   욕심 부리지 않고 소박하게 사는 마음

- 이번 정류장은 '희화고등학교'입니다. 다음
  정류장은 금성아파트입니다. This stop is~~

헉, 또 잤다. 나의 학교는 집과는 꽤나 멀기에 아침 일찍부터 버
스를 타지 않으면 그대로 지각을 해 버리기 일쑤다. 그런 이유로 나
는 친구들보다 좀 더 일찍 일어나야 했고, 늘 피곤해서 버스에서 잠
을 자두는 편이다. 몇 번이나 지나치기도 했다. 그렇지만 다행히도
오늘은 정류장 알림을 듣고 잠에서 깨게 되었다. 오늘이 기다리던
그날이기 때문일까?

언제나 느끼는 것이지만 새 학기는 설렘과 긴장감으로 가득 찬

다. 어떤 사람을 만나고 또 어떤 일들이 펼쳐질까. 특히 새로운 반, 새로운 선생들도 좋았으나 가장 내게 기대되던 순간은 동아리였다. 늘 꿈꿔 왔던 고등학교에 더해서 정말 꿈꾸던 무대기획부 면접 일주일 후 합격 통지를 받는 순간은 내게 있어서 태어난 순간보다 더 기쁜 순간일 것이다. 마침 오늘은 OT날이다. 바로 내가 기다리던 그날.

이런 마음을 가지며 수업을 들으니 어느새 지루한 과목의 1교시가 후딱 지나갔다. 옆에 앉은 애와 깔깔거리다 누가 나를 찾는다는 연락에 교실 앞문으로 나갔더니, 짙은 쌍꺼풀에 이국적인 외모의 선배가 있었다.

최승철? (이름 멋지네)

"어, 네가 민규 맞지? 오늘 동아리 시간 OT를 시청각실에서 할건데 9시 50분까지거든? 근데 일단 45분까지 와라."
"넵, 알겠습니다."

이때까지만 해도 막 어떡하지 하면서 기뻐했었지. 응, 기뻐서 듣자마자 바로 시청각실로 뛰어갈 뻔 했지. 민규야, 미안하다 힘내라. 힘내자.

01

"안녕하십니까. 올해 무대기획부에 새로 들어온 김.민.규입니다. 잘 부탁드립니다."

나는 최대한 우렁차고 똑 부러지는 목소리로 이름을 말했다.

그런데 눈앞에 보이는 동아리 사람들은 '밍공주' 라고 외치면서 환영하면서 자신들끼리 웃고 있었다. 뭐지? 나 어쩌다가 이렇게 됐지?

30분 전.

나는 동아리 OT장소인 시청각실로 뛰어가는 중이었다. 9시 45분까지 시청각실로 모일 것. 내게 간단히 장소와 시간을 알려주던 선배의 말을 곱씹으며 9시 39분에 도착했다. 늦은 것은 아닐 것이라 생각하며 시청각실문을 열었다. 정말 다행히 늦지는 않았다. 늦지는 않았지만 문제점이 있다면 시청각실 내에 불이 꺼져있고 아무도 없었다. 개미 한 마리도 없다.

너무 깜깜하다. 이상하다.

"선배님들 아무도 안 계세요...? 선배님...제발 나타나주세요.."

엄마 나 어떡해, 아무도 없는데. OT부터 깜깜한 이곳에서 욕 먹고 막 맞고 그러는 거 아니야? 그러니깐 아까 1교시 쉬는 시간 전에 찾아온 선배한테 시청각실 맞는지 다시 물어볼걸. 진짜 어떡해. 울상을 지으며 뒤돌아 시청각실 문을 열었다. 야, 근데 왜 눈앞에 뭔가가 있냐. 까만 형체만 보였다. 흡사 그건 귀신이었다.

"진짜 나한테 왜 이래요…. OT도 망했는데 이제는 귀신까지 보이냐, 아, 제발 살려 주세요, 저 망했다고요……."

"미안한데, 너 여기서 뭐하는 거야?"

이제는 귀신의 목소리까지 들리나 봅니다. 엄마 아빠, 아들 인생 끝났습니다.

"제발 그냥 절 혼자 둬요……. 저 교회도 꼬박꼬박 다녔고 열심히 살았단 말이에요. 남들처럼 대학 가서 술 마시고 CC생활 하면서 인생 즐길 거라고요. 제발 진짜로. 네?"

이 말 하고 고개를 들었다. 다시 보니 근데 귀신은 아니고 그 선배가 불을 켰는지 밝은 시청각실에는 동그란 안경 쓴 선배가 날 보고 있었다. 눈물까지 핑 돌았던 나는 정신이 확 깼다.

"너 민규 맞지? 와, 부장은 뭐 하기에 애를 시청각실로 보내? 오늘 OT장소를 부장이 몇 명한테 잘못 보냈더라. 가자, 안내해 줄게. 야, 너 울어? 아니, 왜 울어? 울지 마, 야, 내가 괴롭힌 거 같잖아. 나만 나쁜 사람 된다고!"

그 동그란 안경 선배가 달래준 덕분에 마카롱처럼 부은 눈을 달고 OT장소까지 안내받았다. 교실에 들어가자마자 보이는 무리 사이에서 아까 전 쌍꺼풀 진한 선배가 보였다.

"진짜 선배 저한테 왜 그러셨어요. 아, 저 시청각실에 아무도 없어서 계속 이상한 상상 하다가 안경 쓴 이 선배가 결국에 데리러 오셨잖아요. 저 한 번밖에 안 봤는데 제가 그렇게 싫어요? 저 놀래서... 아니 왜 그래요.. 저 울어서 눈 부었잖아요 저한테 왜 그르셨어요? 진짜."

속에서 울컥하는 느낌이 들더니 짜증이 났다. 아니 내가 왜 이렇게 짜증내야 하지. 그러다 또 눈물이 날 것 같았다. 어, 근데 왜 이렇게 조용하냐. 고개를 들고 보니 선배들이 날 뚫어져라 보고 있었다. 아, 저 선배도 선배지. 잠시 멍~하게 있는데 선배들이 깔깔깔 웃었다.

"오구~오구, 우리 민규 그랬어? 내가 미안해, 삐지는 거 보니깐 공주네 공주. 미안해 밍공주~"

OT를 끝내곤 내겐 남은 건 밍공주.

무대기획부 부원 아무나에게 물으면 이렇게 말한다. 공대에 아름이가 있다면, 우리 학교 무대기획부에는 밍공주가 있다.

02

"올해 무대기획부의 목표는 두 달 후 학교 대표로 나가는 뮤지컬부의 무대를 기획하고 연출하는 것입니다. 계획은 현재 2학년이 맡고 있으며 다음 주 즈음 계획표를 각각 배포할 테니 2주 후 수요일까지 그러니깐 전일제 때까지 한 번 훑고 와 주세요."

동그란 안경, 아니 원우 선배가 말을 끝내곤 의자에 풀썩 앉았다. 남자끼리 전일제 우글우글. 뮤지컬과였다면 여자 몇 명은 있을 텐데, 무대기획부. 뚝딱뚝딱 무대나 열심히 만들고 뮤지컬과의 무대 퀄리티나 높이라는 얘기인가 보다. 내가 동아리를 잘못 선택했나 싶어 짜증을 풀 사람을 찾다가 승철 선배한테 부장인데 왜 2학년 원우 선배가 공지하냐고 물어보다가 슬쩍 한 대 맞았다.

"사극 드라마 볼 때 임금이 직접 전쟁에 나가서 칼 들고 활 들고 싸우냐? 그냥 조용히 있거라, 민규야."

아, 선배! 한 대 맞은 뒤통수 문지르면서 한솔에게 갔다. 무기부(무대기획부를 줄여서 이렇게도 부른다)에서 1학년 중 새로 사귄 친한 친구다. 늘 이어폰을 꽂고 가끔씩 옆에서 아재유머를 치지만 어디서 웃긴지 모르겠고 어딘가 알 수 없었지만 생각하는 방식이 우리와 조금 달랐다. 그럴 수밖에 없는 것이 어릴 때 미국에서 자랐고 어머님도 미국 출신이시라 나한테 없는 오픈 마인드를 한솔은 깊이 가지고 있었다.

"진짜, 나 승철 선배한테 또 맞았어. 내가 뭐 잘못했냐?"

"이런 거 갖고 왜 때리고 맞는 거야? 이해가 안 돼. 그냥 사이좋게 지내면 되잖아."

"맞지, 승철 선배가 잘못했어. 선배! 솔이가 선배가 잘못했다잖아요!"

옆에서 한솔이 느긋하게 이어폰을 꽂고 눈을 느릿하게 떴다 감으면 옆에서 승철 선배와 나는 싸우고 그들 주위로 다른 사람들은 팝콘 뜯으면서 구경이나 하고 있다. 이런 광경이 나올 때즈음 한솔이 조용히 원우 선배한테 다가가서,

"선배, 저 둘이 또 싸우는데요."

이런 식으로 대충 말해 주면 원우 선배가 와서 나와 승철 선배를 떼어 놓곤 한숨을 크게 쉬곤 했다.

"승철 선배. 선배도 고3이시잖아요. 진짜 1학년이랑 뭐하고 있는 거예요? 왜 싸웠는데요. 민규야, 또 무슨 헛소리를 했기에 저 선배가

난리야, 어? 마음을 넓~~게 크~~게 가집시다."

"아니, 선배 저 진짜로 승철 선배가 부장인데도 공지하는 걸 못 봐서 궁금해서 선배 뭐하는 거예요? 라고 물어봤는데 선배가 먼저 때려서 그랬거든요. 저 은근히 약해서 진짜 아파요 선배⋯⋯."

"와, 네가 먼저 솔이 끼워대면서 나 놀렸잖아. 네가 잘못했거든. 원우야, 오해야⋯⋯. 난 진짜 결백해. 예의 없고 키만 큰 애 말 믿는 거 아니지?"

도긴개긴, 도토리 키 재기, 오십 보 백 보. 옆에서 한솔이 담담하게 말한 것들이다. 옆에 원우 선배도 잠잠히 있다가 한 마디.

"인정."

진짜 너무 억울해. 또 화내고 짜증 내면 하루 종일 저 얘기로 싸울 것만 같아 대화 주제를 바꿨다.

"그런데 선배, 그래서 저희 전일제 때 어디 가요? 아니, 뭐 무대 기획·연출의 과정과 역사를 구경하자는 마음가짐으로 박물관이나 간다고 한다면 그날 갑자기 몸에 열이 나고 몸살이 날 것만 같아 못 갈 것 같고, 시내나 서울 중앙 쪽으로 가면 무조건 최상의 컨디션으로 나오겠습니다."

"한솔아, 쟤 뭔 소리 하는 거야."

몰라요, 그냥 시내 가자는 얘기 인 것 같은데요. 아아.

"민규야, 걱정 마. 작년에 그렇게 갔다가 승철 선배가 돌아다니다가 박물관 내에 기물 파손해서 우리 학교는 가고 싶어도 거기 못 가. 오전은 시내에 새로 생긴 소품샵에 가서 무대에 쓸 거 사고 오후에 실제 무대 모습 보고 영감 받기 형식으로 다닐 거야."

"오오오! 코스 완전 좋다! 승철 선배, 오늘따라 선배가 너무 잘생기고 멋지면서 후광이 나요. 선배, 사랑해요. 제 뽀뽀를 받아 주세요."

"으악~ 얘가 왜 이래!"

민규가 조금씩 승철에게 다가가니 승철의 얼굴이 종이처럼 구겨지며 소리를 지르며 민규로부터 도망갔다.

"야, 저리 가, 저리 가라고! 원우야, 한솔아, 야, 너희도 보지만 말고 애 말리라고! 야! 너네 언젠가 죽일 거야! 최한솔, 네 친구 좀 말리라고! 이 나쁜 놈들아!"

정신없이 민규를 피하면서 분명 똑똑히 승철은 들었다.

"원우 선배, 승철 선배 돌아가시면 선배가 부장해 주세요. 히힛."

옆에서 원우 선배는 끄덕끄덕.

뛰어다니던 승철 선배에게서 살기가 느껴졌다. 승철이 화가 났을 때가 기억나자 멈칫하고 가만히 서서는 생각했다.

흡.

망했다.

03

"선배, 저희 동아리 담당 쌤이 정한 쌤 아니었어요?"

"갑자기 그건 왜."

"정한 쌤이 저희 담임이거든요. 저번에 지각 한 번 하니깐 입에서 온갖 험한 말을 날려 주시는데 그 범위가 전 세계를 통합하는 수준이어서 지금 출발 안 하면 지금 하는 폰이 마지막 폰이 될 수도 있을 것 같아서요."

8시 17분. 시간을 확인하던 원우의 표정이 조금 구겨졌다. 아니, 사실 아주 많이 구겨졌다. 버스를 타면 30분, 지하철을 탄다면 20분 정도 걸린다. 근데 한 10분 정도는 걸어야 하고, 위치도 생소해서 최소 20분은 잡아야 했다. 9시까지 도착해야 하고.

"김민규, 어제는 우리 보고 늦지 말라고 했으면서 자기가 늦네."

10분 동안 기다리다가 영혼이 나간 승철은 혼자서 중얼거렸고 원우의 표정을 보자마자 폰을 꺼내 몇 개의 단어들을 보냈다.

- 김민규
- 어디야
- 빨리 오라고

"20분까지."

"넹?" "20분까지 안 오면 그냥 간다고 하라고." "아, 넹." 한솔이 대충 *끄덕끄덕* 하고는 다시 폰을 톡톡 두들겼다. 승철과 원우의 머릿속에는 김민규 버리고 튄다는 생각으로 가득 찼다. 8시 19분이 폰에 또렷하게 보이자, 원우는 뒤도 안 돌아보고 바로 지하철역으로 걸어갔다. 승철과 한솔은 어쩔 수 없이 원우의 뒤를 따르려고 하였으나, 한솔이 멀리서 무언가 다가오는 걸 보았다.

"저거 김민규 같은데요."

선배, 같이 좀 가요! 민규가 뛰어오자 원우는 머릿속에서는 온갖 단어들이 생각났지만, 그것들을 마음속에만 간직하고 일단 지하철역까지 서두르고 마음속에만 묻어 놓은 그 말들을 민규에게 해주기로 하였다.

- (무음)

아, 원우 선배애…….

원우 선배에게 욕을 심하게 듣고는 충격이 여간 충격이 아니었다. 분명 욕을 들었긴 했는데, 정말로 사람이 저런 착한 얼굴로 욕을 웃으면서 할 수 있다는 것에 큰 충격을 받았고 하나하나가 다 처음 들어보는데 정말 충격을 받게 하는 욕들이었다. 흑흑 역시 남고생들이란...

욕 하나하나가 머릿속을 헤엄치고 나의 눈은 승철선배의 신발을 따라가다 보니 어느새 인테리어 소품샵에 도착해 있었다.

"선배, 걔네가 원한 분위기가 뭐였죠."

원우 선배가 묻자 승철 선배가 가방 속에서 무언가를 뒤적이다가 한 노트를 꺼내곤 적어둔 계획표를 살펴보았다.

"걔네가 3·1운동을 주제로 공연한다고 했거든? 그래서 우리한테 그 당시 학교 모습을 원한다고 했더라. 좀 분위기를 무겁게 잡아달라고 했고, 어두우면 더 좋다고 했고. 어쨌든 우리는 소품샵쪽에서 대충 인테리어 할 것들만 사면 되고, 전체적인 배경은 다른 애들이 한다고 했어. 원우야, 우리 예산은 챙겨 왔지?"

"네, 가방 안에 있어요."

"오케이."

그러고 곧장 들어가서 물건을 보기 시작했다. 제법 오래된 물건처럼 보이는 것들이 많았고, 그들의 퀄리티 또한 나쁘지 않은 수준이었다. 가장 놀라운 것은 이곳은 승철 선배가 단톡방에서 찍어준

곳이었고, 이런 장소를 승철 선배가 이미 알고 있던 장소라니 놀라울 따름이었다.

"와~ 선배, 선배 여기 어떻게 알았어요? 시내 중앙도 아니잖아요. 이런 곳 처음이에요. 완전 멋져요."

"그냥, 평소에 소품들 모으는 거를 좋아하니깐 여러 군데 알아보는데 이런 곳도 있어서. 몇 번 왔었는데 멀리서 보면 꽤 퀄리티도 좋고, 실제 가격도 엄청 괜찮았고. 그래서 여기 자주 왔는데 앞으로 우리 동아리를 이끌어 나갈 너희한테도 알려주는 게 좋을 것 같더라고."

승철 선배가 소품을 모으면서 여러 군데를 다니며 사는 모습을 그려 보니, 저 사람도 그런 열정적인 모습을 가지고 있구나. 라는 생각을 갖게 되었다.

"자, 다 고르셨죠. 저는 그러면 결제할게요."

원우선배가 승철 선배에게 외치자 승철 선배는 그에 대한 대답으로 오케이 표시를 손으로 보였다. 원우 선배가 킥킥거리면서, 가방에 있는 돈을 꺼내려고 가방을 뒤졌다. 그런데 손에 안 잡힌다. 처음에 안 보이니깐 계속 뒤적거렸다.

헉-

하지만 가방에서는 봉투 하나 볼 수 없었고, 그저 책들만 담겨있었다. 그 순간 원우 선배의 창백한 얼굴이 더 창백해졌고, 눈빛이 갑작스럽게 흔들리기 시작했다.

"선배, 무슨 일 있어요? 선배, 선배!"

"원우야, 괜찮아? 야, 왜 그래. 원우야, 진정해 봐."

"동아리 예산이…… 없어졌어요."

순간적으로 주변이 조용해졌고 한솔이 정적을 깼다.

"선배, 가방 꼼꼼히 다 봤죠?"

"봤어…… 혹시 몰라서 두 번은 뒤졌는데, 안 보여. 분명, 분명! 아침에 챙겼었거든. 아, 진짜. 미치겠다. 어떡해. 진짜 미안해요."

"괜찮아, 원우야. 일단은 마음 좀 가라앉혀. 어디에 놔두고 왔겠지. 걱정 마. 집에 있을 거야."

"저도 그랬으면 좋겠죠. 근데 없으면요. 없으면 어떻게 해요. 순수 제 돈이면 그래도 어쩔 수 없지 라고 하면 되는데, 이건 제 돈이 아니라 애들 돈이잖아요. 그리고 당장 사야 할 것들은요. 어떻게 할 거예요?(흑흑)"

"원우 선배, 제가 일단은 사 놓을까요?"

일단 원우를 진정시킬 목적과 함께 민규가 잠잠하게 말했다.

"민규야, 그럴 필요 없어. 내 잘못인데 네가 왜 그래."

"아니에요! 저 저번 주에 알바비 들어와서 좀 여유 있어요. 일단 이걸로 사고 올 테니깐 걱정 마세요. 그리고, 선배가 돈 떼먹을 사람도 아니잖아요. 저 이거 다 사 올게요! 마음 좀 가라앉히고 있으세요!"

이 말과 함께 물건들을 들고 후다닥 계산대로 뛰어갔고 다 결제한 후에는 현우 선배 얼굴이 빨개졌고 특히 눈이 조금 부었다는 것을 알게 되었다. 한솔이와 승철 선배의 말로는 원우 선배가 내가 계산대로 가자마자 거의 동시에 감격해서 울었다고 한다. 세게 말하고 틱틱거리던 남고생들도 은근 감수성이 풍부한가 보다.

그 후 원우 선배를 진정시키며 출구로 갔고, 점심으로 대충 샌드위치 한 조각 우물거리다가 선배가 좋아하는 아메리카노와 야채 과자를 두 손에 쥐여 주곤 남은 점심시간 동안 피시방에 가서 게임이나 하게 하려고 했다. 이렇게 정성껏 달래지 않고 원우 선배를 원망하거나, 짜증을 내고, 화를 내며 말들을 쏟아내며 하루 동안은 원우 선배를 죄책감에 몰아넣을 수도 있었다. 하지만 모든 사람이 그렇다. 사람 앞에서는 직접적으로 말을 제대로 못한다는 것이다. 이런 이유도 있겠지만, 사실 아까 지하철에서 나에게 육두문자를 주저 없이 말하던 원우선배의 모습은 안 보이고 그때 원우 선배 사람 자체가 그 순간만큼은 매우 작아 보여서 아무 말 못하고 승철 선배, 한솔이와 나는 그냥 입 닫고 있기를 눈빛으로 주고받았다.

다행히도 원우 선배는 자신이 좋아하는 음식을 먹고 편안한 상태로 시내를 돌아다니며 구경하다가 긴장이 풀린 것처럼 보였다. 1시간 전보다 얼굴에 웃음기가 있었고, 연극을 보며 웃음을 유발하는 장면에서는 편안하게 웃는 모습이 보였다. 다행이었다.

어떻게 집으로 돌아왔는지도 모르겠다. 그만큼 하루 종일 정신이 없었다. 연극을 보고 대충 마치고, 재료들을 학교에 두고 선배들과 한솔이와 헤어져서 계속 앞으로 걷다 보니 어느새 내 침대였다. 오늘 무슨 일이 있었지? 갑자기 머릿속이 멍해지기 시작했다. 승철 선배가 소품들을 볼 때의 진지한 모습과 원우선배가 그렇게 작아지는 모습을 보며, 한솔과 승철 선배의 유연성 있는 대처와 위로, 그리고 그들에게 눈치라는 게 있다는 것이 한 번에 머릿속으로 들어오기 시작했다. 순간 방이 공허해지는 느낌이 들었다. 방금까지 사람들과 있다가 혼자 있으니 더 그랬다.

징징거리며 폰이 울리면서 몇 개의 카톡이 와 있었다. 원우 선배에게서.

　- 오늘 아침에 온갖 욕해서 미안했어. 그리고 아까 소품샵에서는
　　진짜 고마웠어. 네가 대신 내준 그 돈은 빨리 갚을게. 오늘 걱정
　　시켜서 미안했다. 그리고 밍아름 - 밍공주라 놀린 것도. 낼 보
　　자. 오늘 정말로 고마웠어.

　- 아니에요, 선배. 오늘 마음 고생하셨죠. 내일 학교에서 봬요.

　공허했던 속이 조금은 풀렸다. 아니 도리어 많이 채워졌다. 누워
서 생각했다. 그리고 빙그레 웃음이 돌았다. 무언가 붕 떠 있는 행복
한 기분이랄까?

　다른 사람을 보듬어 주고 이해해 준다는 게 이렇게 마음이 훈훈해
지는 지 몰랐다. 늘 투덜투덜 매사에 불만 많던 나였는데. 그래서 거
칠어 보이는 선배님들이 가득한 이 동아리 생활을 계속해야 할지도
고민했던 나였는데. 더욱이 평소에 엄청난 짠돌이 나였는데 말이다.

　왠지 오늘의 경험은 내 인생 여러 행복의 문 중 하나를 열 수 있
는 열쇠가 되는 일이었던 것 같다.

　행복이 별거냐.

　이런 게 행복이지.

　나로 인해 다른 사람이 고마워하고 행복하고

　다 같이 어려움을 극복할 수 있는 거.

　그 소소한 일상들이 모두 행복인 것 같다.

　아, 이제 이런저런 생각 그만하고 빨리 자야지. 내일 아침 버스에
서 또 졸면 안 되니까.

　밍아름의 하루 오늘도 이렇게 끝 ~

가장 약하지만
가장 빛나는
아이

Enjoy Writing Books
이서안

이서안

○ **나이:** 16세(중3)

○ **장래 희망:** 저는 정해진 꿈은 없고 그냥 군대에 들어가는 것이 제 희망입니다. 조금 독특한 꿈인가요? 군인이 되고 싶기도 하고, 군대라는 곳을 경험해 보고 싶기도 해서요. 지금은 가고 싶은 고등학교에 들어가는 것이 제 목표입니다. (참고로 저는 대안학교 진학을 희망하고 있답니다.)

○ **좋아하는 것:** 드라마 보기, 운동하기

○ **현재 인생에서 베팅한 한 가지:** 주짓수!

○ **미래에 가장 해 보고 싶은 일:** 내가 살 집 멋지게 인테리어 하기, 사회에 도움되는 좋은 일 하기

○ **좌우명:** 원하지 않는 일을 하게 되더라도 열심히 하자

○ **나에게 행복이란**
중2의 아픔을 극복한, 새로운 출발이다.

　이 글을 쓰게 된 것은 내가 학교 동아리로 '책쓰기반'에서 활동하기 때문이다. 하지만 그것보다 이전부터 한번 책을 써 봐야겠다는 생각했다. 그러다 작년에 기회가 왔음에도 불구하고 나는 쓰다가 포기했다. 그 이유는 내가 너무 로맨스 소설, 드라마에 빠져서 계속 모방하고 있었기 때문이다. 내가 읽어 봐도 이건 나의 창작물이 아니었다. 그냥 내가 본 드라마 그대로였다.

　그때 나는 처음으로 느꼈다. 아, 내가 글을 잘 쓰는 것은 아니구나. 속상하고 부끄러웠다. 하지만 포기하지는 않았다. 이번에 글을 쓰는 것은 이제 1살 더 늘었으니 더 잘 쓸 것 같아서가 아니라 지금 아니면 못 쓸 것 같아서 도전해 본다. 나는 인터뷰 형식으로 내 중2

를 풀어 나가 보려 한다. 이것은 『미움받을 용기』라는 책을 보고 생각난 것이다. 내가 쓸 책의 주제는 중2병이다. 나는 중2를 막 보낸 중3이다. 친구들에게 들었을 때는 너무나도 생각이 많았던 나의 중2는 겉으로 보기에는 생각보다 좋았다. 친구와도 친하게 지냈고 선생님도 학년에서 가장 좋은 선생님이었다. 작은 문제가 하나 있었다는 것을 빼면 말이다. 환경적인 요소들은 문제가 없었음에도 나에게도 중2병이 왔고 난 공부가 하기 싫어서 스마트폰만 보았다. 스스로 문제가 있다는 것을 알았음에도 해결하려 하지 않았다.

주변에서는 내가 중2병이 왔는지도 잘 모를 정도라고 하지만 돌이켜보면 나 스스로는 많이 힘들었다. 그래서 이 이야기를 풀어나가다 보면 읽으시는 분들이 '조금 우울할지도 모른다.'(이 이야기는 가상의 인터뷰 형식 청소년 소설이라 생각해도 될 것 같다.) 혹은 '별로 힘든 게 없어 보일지도 모른다.' 아니면 '왜 이렇게 자신을 불행하게 만들지.'라고 하면서 훈계나 위로를 해 주려고 생각할 수도 있고 아무렇지 않게 넘길 수도 있다. 그러나 나는 읽어 주는 것만으로도 내 이야기를 들어주는 사람이 많아진 것 같아 좋을 것 같다. 그냥 아무 생각 없이 읽어도 되고 평가를 하면서 읽어도 되지만 서툴고 중2병에 걸린 사람의 이야기라는 것만 생각해 줬으면 한다.

누구나 중2 시절은 지나가니까,
 누구나 어둠은 존재하니깐,

 이미 지나간 분들은 그 시절을 추억하면서

지금 겪고 있는 분들은 공감하면서
곧 겪을 친구들은 준비하는 마음으로
나의 행복 이야기를 읽어 주시기 바란다.

프롤로그

밖에 나가 놀기에 좋은 화창한 어느 날, 나는 평소와 마찬가지로 내 방에 콕 박혀 엄청나게 오글거리는 로맨스 인터넷 소설을 보고 있었다. 중학교를 마치고 간디 고등학교 합격과 동시에 찾아온 방학을 마음껏 즐기는 하루하루가 좋았다. 언니가 도움을 청하기 전까지는 말이다. 갑자기 내 방문을 확 열고 언니가 웬일로 부드러운 목소리로 말했다.

"동생~ 나 좀 도와줘. 내일까지 소식지 다 써야 해."

"싫어. 귀찮아."

"너의 고등학교 생활에 조금이라도 도움되지 않겠니?"

"언니는 나한테 그런 협박이 넘어가리라 생각하는 거야?"

"응! 너는 너~~무 착한 동생이잖아?"

"미안하지만 나는 착한 동생이 아니야!"

"진짜 우리 담당 쌤이 화내실 것 같단 말이야."

"언제는 좋은 선생님이라며 그리고 내가 저번에 말했지 언니 그러다가 후회하지 말고 빨리 써두라고."

"이제 후회하고 빨리 쓰려고 하는데 동생이 도와주면 정말 좋을 거 같아. 나 진짜 이번에 내가 제일 앞에 들어가는 순서란 말이야."

"내가 해야 하는 이유는 뭔데?"

"우리 소식지의 주제가 사춘기인데 공감되는 이야기를 써 보려고."

"내 중2 이야기는 공감 안 될걸?"

"3,000원, 어때? 오케이?"

"5,000원이면 생각을 해 볼 필요가 생길 것 같아."

"5,000원! 오케이!"

"그러면 내가 답하기 싫은 질문에는 답 안 해도 되는 거지?

"그것도 오케이!"

그렇게 해서 나의 중2 시절에 대한 인터뷰는 시작되었다.

1. 중학교 2학년이 되기 전의 나

언니(리포터): 안녕하세요. 현재 중학교년인 여학생입니다. 저는
　　　　　인터뷰를 맡게 된 소식지 기자 이＊＊입니다. 이번
　　　　　호 주제는 〈사춘기병〉(일명 중2병)이라고 불리는
　　　　　학생들의 어려움입니다. 그래서 현재 고등학교 입
　　　　　학을 앞둔 중학교 3학년 학생의 중학교 2학년 시절
　　　　　이야기를 들어 보고자 합니다. 제가 아는 분이기는
　　　　　하지만 개인 정보 보호를 위해 실명으로는 진행하
　　　　　지 않겠습니다. 그래도 어떤 분인지는 알아야겠죠?
　　　　　간단하게라도 자기 소개를 해 주실 수 있으신가요?

동생(인터뷰 대상): 네. 저는 3남매 중에 막내로 태어나 7살에 대
　　　　　구시로 이사 왔어요. 모든 게 새로웠던 저는 초등학
　　　　　교 1학년 입학할 때 아는 친구가 없어 많이 외로웠
　　　　　어요. 어렸지만 그 기억이 남아 있네요. 그래도 사람

이 많이 오던 집에 살았던 저였기에 성격은 제법 둥글둥글했고, 겉으로 보기에는 많은 친구와 친하게 지냈어요. 하지만 저는 초등학교 내내 오랜 우정을 나눈 친구도, 너무 친해서 떨어지기 싫어하는 친구도 없었어요. (일명 '베프'라고 하지요.) 그렇게 초등학생을 보내고 중학생이 되었어요. 그나마 친했던 친구들도 다른 학교에 가게 되었고 저는 다시 혼자가 되었어요. 그러던 중 친구를 사귀게 되었는데 다시 친구들과 작은 트러블들이 있었고, 다행히 학교 도서부로 선발되어 열심히 일하며 책을 읽는 것이 취미가 되어 버린 도중 중학교 2학년을 정신없이 맞이하게 되었어요.

언니: 어릴 때부터 다른 도시에 가는 것이 많이 외로웠나요?

동생: 저에게는 이사 자체가 많은 외로움과 어려움이었어요. 어렸을 때는 새로운 것에 또다시 적응해야 한다는 것이 힘들었어요.

언니: 중학교 1학년이 되었을 때 새로운 친구는 어떻게 사귀게 된 것입니까?

동생: 그때 영어 학원을 같이 다니던 친구가 저와 같은 반 친구여서 자연스럽게 그 친구 무리에 들어가게 되었어요. 그 무리의 친구들은 총 4명이었어요.

언니: 그럼 친구들과는 왜 싸우게 됐나요? 어떤 문제가 있었나요?

동생: 그때 함께 놀던 친구들이 저 포함 총 4명이었는데, 그 친구

들 중 2명이 어릴 때 한 친구가 다른 친구에 의해 안 좋았던 기억이 있어 티를 내며 싫어했어요. 하지만 저는 그 두 명의 친구가 사이가 좋아졌으면 해서 다른 친구에게 한 친구가 그런 이유로 힘들어한다고 이야기했어요. 좋은 의도였는데 그게 문제가 되었어요. 서로 잘 지내자고 한 말이 더 사이를 멀게 했고 더 큰 싸움을 일으키게 되었어요. 중간에 있던 저는 난처했고 자연스럽게 아이들과 멀어지게 되었어요.

언니: 그러면 중학교 1학년 때는 계속 혼자 있었나요?

동생: 도서부 친구가 있기도 했고 반 친구들도 인사는 했지만, 교실에서는 거의 혼자 있었어요.

언니: 그때 책을 읽는 것이 취미가 되었다는 말은 책을 많이 읽게 되었다는 것인가요?

동생: 네, 중1 시절이 저에게는 제가 살아온 중에 가장 책을 많이 읽은 해가 아닐까 싶어요. 책을 많이 접하게 된 것도 학교 도서부 덕이기도 해요. 도서관이라는 공간은 참 좋았거든요.

언니: 그럼 그때도 초등학교 때처럼 많이 외로웠나요?

동생: 네, 많이 외로웠어요. 하지만 초등학교 때처럼 슬픈 것보다는 제 자신이 싫어지고 우울했던 것 같아요.

언니: 초등학교 때보다 슬프지 않았던 이유는 무엇이었나요?

동생: 정신적으로 조금 성숙하기도 했고, 무엇보다 지금의 저에게 많은 도움을 준 책을 읽었거든요. 『미움받을 용기』라는 책이에요.

언니: 책에서 위로를 받았으면 정말 좋은 친구가 만들어지지 않

아도 괜찮았던 건가요?

동생: 네, 저는 친구를 더 만들고 싶지 않았어요. 친구들에게 받는 상처가 더 컸거든요. 『미움받을 용기』에는 이런 구절이 나와요. '모든 고민은 인간관계에서 비롯된다.' 이 구절을 보면서 더 그런 생각을 했던 것 같아요.

언니: 이후에는 중2를 맞이하게 되는데 이때는 어떤 생각이었나요? '이제는 친구를 만들지도 않고 공부만 열심히 해야지.' 이런 생각이었나요?

동생: 아니요. 사실 마음이 힘들어서 더 이상 친구를 만들지 말아야지 하면서도 새 학년이 되는 것을 설레어 했고요. 또 '새로운 친구를 만들어야겠다.'는 생각도 저도 모르게 다시 했던 것 같아요.

언니: 그렇군요. 너무 긴 대화는 힘드실 테니 오늘 인터뷰는 여기까지입니다. 고마워요.

2. 중학교 2학년 - 나의 마음

언니: 자, 오늘도 반갑습니다. 질문 시작할게요. 본인에게도 중2병이 있었나요?

동생: 네, 있었습니다.

언니: 요즘 다른 친구들에게 물으면 자신은 잘 모르겠다고 하면서

중2병이 있었는지 모르던데, 어떨 때 있었다고 생각하나요?

동생: 저는 스스로 우울함에 빠질 때가 있어요. 거의 자기 전에 내가 오늘 다른 사람에게 한 말이 잘못했다고 생각하거나 그냥 오늘 공부나 숙제를 덜 했다면 '나는 왜 그럴까'라는 생각을 했었어요. 스스로를 자책했죠.

언니: 그것이 바로 '심각한 중2병, 바로 십 대의 사춘기'였을까요?

동생: 흠- 한편으로 그럴 수도 있겠네요. 중2병은 맞는 것 같기도 해요. 그런데 이것이 십 대의 사춘기라고 확신하기는 어려워요. 지금은 안 그런 걸 보면요.

꼭 그런 것은 아닌데 특히 중학교 2학년 때는 그 우울감이 오면 내가 싫어져서 내가 세상에 없어져야 하나 라는 생각도 했고요. (사실 그런 생각은 자고 일어나면 사라져요········ ㅎㅎ) 갑자기 분노가 올라올 때가 많았어요. 그냥 계속 세상에서 나는 별로 중요한 존재 같지가 않았어요. 내 존재가 무의미했다고나 할까요. 아무튼 기분이 계속 저기압이었답니다.

언니: 우울감은 어떤 기분일 때 왔어요?

동생: 그냥 상황이 내가 뭔가 잘못하고 실수해서 내가 원하지 않는 방향으로 진행될 때, 내 탓을 하기 시작하면서 왔던 것 같아요. 전 잘 몰랐는데 제가 완벽주의자 성향이 강했나 보아요.

언니: 우울감이 왔을 때의 기분이나 심정이 어땠어요?

동생: 위에서도 말했지만 그냥 내 존재가 싫어졌어요. 뭔가 누구에게도 도움이 되지 않았고, 오로지 이 슬픔, 우울감에 갇혀 살아야 할 것 같은 사람이 된 기분이었어요.

언니: 그러면 중 2때는 늘 우울했나요?

동생: 아니요. 늘 우울한 건 아니었죠. 휴대폰을 하거나 책 읽기에 깊이 빠졌을 때, 간혹 친구를 만나면 아무 생각 없이 웃을 수 있어 그럴 때는 우울하지 않았어요. 뭔가 바쁠 때도 생각나지 않았고요. 그래서 매일 학교 도서관에 가서 도서부 일을 했어요.

언니: 가장 생각나는 힘들었던 날이 있을까요?

동생: 처음으로 숙제를 하지 않았던 날이었어요. 항상 베끼더라도 숙제는 꼭꼭 해 갔는데 안 해가니깐 혼났어요. 가끔 선생님이 검사를 안 하시는 날도 있는데 그날은 또 바로 찰떡같이 검사를 하시는 날이었어요. 혼이 나서 기분이 나빴던 건지는 몰라도 더 우울해졌었어요.

언니: 숙제를 베끼는 것이 더 나쁘다는 생각은 안 했나요?

동생: 사실 선생님하고 친구들에게 잘 보여야 하니깐 그런 생각은 안 했던 거 같아요.

언니: 잘 보여야 하는 이유는 무엇인가요? 왜 잘 보이고 싶나요?

동생: 항상 착하고 바른 아이가 되어야 했어요. 강박관념처럼 그런 게 너는 모범적인 아이여야 한다. 이런 게 있었던 것 같아요. 잘 보이려면 숙제를 해야 하고 친구들에게 맛있는 것도 사 주려고 했던 것 같아요.

언니: 원래 사춘기가 되면 바른 아이가 될 생각보다는 막 나가고 화 내지 않나요?

동생: 저도 부모님이나 잘 아는 사람에게는 화도 내고 말도 안 하

고 짜증도 냈지만 친구나 학교, 학원 선생님일수록 잘 보이려고 노력했던 것 같아요. 저를 자꾸만 의식적으로 포장하려고 했었어요.

언니: 왜 친구나 학교, 학원 선생님께는 바른 아이가 되려고 노력했어요?

동생: 언니가 다른 사람들이 보기에 바르고 성숙한 아이로 되어 있었어요. 마치 제 롤모델 같았죠. 그런데 동생인 제가 막 나가면 좀 안 좋을 것 같고 저도 동생에게 그런 언니가 되고 싶었어요. 그래서 바른 아이가 되려고 노력했어요.

언니: 바른 아이가 되기 위해 어떤 것들을 했었나요?

동생: 말했듯이 숙제를 베껴 보기도 했고(마치 제가 한 것처럼요.) 억지로 수업을 잘 듣는 척 열심히 하는 척도 했고요. 생각은 다른데 있으면서요. 친구들에게는 집에 초대해서 일부로 선물을 하거나 맛있는 걸 내주기도 하면서 착한 사람인 척했어요.

언니: 그러면서 '나 착하지 않나?'라고 생각했었나요?

동생: 네, 잠깐씩 그러기도 했죠. 그렇지만 나는 다른 잘못도 있는데 그거 하나 했다고 착하고 좋은 사람일까에 대한 의문이 들면서 다시 자책했던 것 같아요.

언니: 자신을 그렇게 싫어한 이유는 뭐라고 생각하나요?

동생: 음……. 불과 1년 전이지만 저는 그때 제 생각이 참 짧다고 느꼈어요. 제가 하는 행동이 다 옳고 그름 중에 틀린 답인 것 같았죠. 제가 친해지고 싶은 친구들은 다 옳은 행동을 하

는 것 같았고, 틀린 행동을 자꾸만 하게 되는 저는 한심해 보였어요. 별로 친해지고 싶지 않은 몇몇 저와 비슷해 보이는 친구들도 마찬가지로 한심해 보였고요. 제 생각이 문제였던 것 같아요. 행동도요.

언니: 본인은 친구들에게도 스스로 다르게 행동했나요?

동생: 네. 틀린 행동을 하는 친구는 무시하고 말을 잘 안 걸었던 것 같아요. 옳은 행동을 하는 친구는 반대로 했었죠.

언니: 제일 친구에게 못나게 했던 행동이 있을까요?

동생: 제가 생각하는 가장 못났던 것은 제 모든 짜증을 친구가 조금 잘못한 것을 빌미로 삼아 화냈다는 것이에요. 그냥 친구 탓을 하고 싶었던 것 같아요. 제 마음이 편해지려고요.

언니: 음. 정확히 어떤 짜증이었는지는 말해 줄 수 없나요?

동생: 친구가 다른 친구에게 저랑 같이 놀던 반 친구들 이야기를 했는데 조금 부정적이게 이야기를 했어요. 그래서 저랑 놀던 친구들은 다른 반 친구들에게 욕을 먹기도 하고 계속 주목받기도 했어요. 저는 좋게 말해도 되는 것을 많은 친구들이 있는 앞에서 온갖 화를 다 냈어요. 예를 들면 "너는 왜 우리에게 있는 불만을 다른 친구한테 가서 풀어?", "너는 우리를 친구로 생각하지도 않지? 앞으로 보고 싶지 않다" 이런 말들을 했죠.

언니: 오늘 마지막 질문으로 중2의 심정을 정리한다면 어떤가요?

동생: 저는 우울하고 아무 이야기도 들어오지 않고 혼자만의 세계에 빠져있던 무척 외로웠던 사람이었어요. 하하. 너무 우울

했나요? 걱정하지 마세요. 지금은 그렇지 않답니다.

언니: 오늘 인터뷰는 여기서 마치겠습니다. 감사합니다.

동생: 감사합니다.

3. 중학교 2학년 - 나의 행동

언니: 안녕하세요. 오늘도 인터뷰를 진행하겠습니다. 잘 부탁해요.

동생: 넵.

언니: 중학교 2학년 때 가장 하고 싶었는데 하지 못한 것과 정말 하기 싫었는데 억지로 해야만 했던 일이 있을까요?

동생: 제가 개인적으로 가장 하고 싶었던 것은 영상 편집을 하고 싶었어요. 전문적으로 할 수 있는 영상 편집 기술을 배우고 싶었죠. 가장 하기 싫었던 일들은 아침에 일찍 일어나는 것이었어요. 귀차니즘의 한 해였거든요.

언니: 왜 영상 편집을 해보고 싶었어요?

동생: 제가 1인 방송 보는 것을 좋아하는데 방송에 직접 나오는 것은 싫었고 그냥 그분들 뒤에서 방송을 다시 보고 또다시 보고 싶다는 생각이 들었어요. 재미있게 편집에서 또 다른 사람들이 볼 수 있도록 돕고 싶다는 생각을 했어요.

언니: 근데 왜 하지 못했어요?

동생: 스스로의 의지가 그렇게 오래가지 않았었죠. 그때는 정말

의욕이 없었어요.

언니: 그럼 아침에 일어나는 것이 왜 가장 하기 싫은 일이었나요?

동생: 전 평소에 원래 아침잠이 굉장히 많아요. 또 아침에 일어나
면 학교를 가야 하잖아요.

언니: 학교 가는 게 싫었어요?

동생: 누군가에게 눈치를 봐야 하잖아요. 또 공부를 왜 해야 하는
지 모르는데 지루한 수업을 자지도 못하고 계속 들어야 하
는 것이 싫었어요.

언니: 그럼, 수업도 안 듣고 공부도 안 했나요?

동생: 선생님 눈치를 봐야 하니깐 수업은 들었고요. 수행평가도
하기는 했는데 사실 자기 주도적인 공부는 안 했죠.

언니: 바른 아이인 것처럼 보이기 위해서 했던 행동들이었네요.

동생: 네. 맞아요.

언니: 공부를 하는 대신에 그 시간에는 무엇을 자주 했나요?

동생: 휴대폰을 많이 봤죠.

언니: 휴대폰을 많이 보면 부모님과 다툼은 없었나요?

동생: 엄청 많았어요. 공부는 안 하고 폰만 보고 항상 무기력한
표정과 태도의 딸이었기에 부모님이 많이 답답해하셨어요.

언니: 주로 중학교 2학년 때는 휴대폰으로 무엇을 했나요?

동생: 유＊브를 보거나 웹툰을 많이 봤던 것 같아요.

언니: 그러면 중1 때 취미가 되었던 책은 안 읽었나요?

동생: 음. 막상 중2가 되어서는 전체적으로 종이로 된 것은 잘 안
봤어요. 본다면 인터넷 소설과 e-book을 더 많이 봤던 것

같아요.

언니: 인터넷 소설은 다른 내용이더라도 e북은 도서부라면 책으로도 읽을 수 있었는데 왜 e-book으로 책을 읽었나요?

동생: 책은 읽으려면 챙겨야 되는데 그때는 폰이 더 편했어요. 늘 손에 쥐고 있었으니까요. 근데 e-book은 돈을 내야 해서 인터넷소설을 많이 봤어요.

언니: 다른 질문으로 넘어가서, 중학교 2학년 때 했던 가장 큰 반항은 무엇이었다고 생각하나요?

동생: 공부를 일단 거의 하지 않았어요. 그리고 휴대폰을 중독에 걸린 것처럼 많이 하기도 했고요. 무엇보다 제일 심했던 것은 모든 사람의 말에 '아니'라는 말을 붙였어요. 늘 부정이었죠.

언니: 왜 '아니'라는 말을 붙였어요?

동생: 세상에서 사람들이 말하는 것이 다 삐딱하고 재미없어 보였고, 부정적으로 보였거든요. 그래서 제 주변에서 말하는 모든 이야기는 틀려 보였어요.

언니: 아, 정말 힘들었군요. 그럼 하고 싶었던 반항인데 하지 못한 것은요?

동생: 저는 자해를 해보고 싶다는 생각을 한두 번 사실 했었어요.

언니: 왜 그런 생각을 했는지 물어봐도 될까요?

동생: 네, 괜찮아요. 제가 전에 말했던, 세상에서 사라지면 편할 것 같다는 철없는 생각이 불현듯 들곤 했어요. 내가 없어도 세상은 잘 돌아갈 것 같고, 아무도 상관하지 않을 거라고 생각했거든요. 지금 생각하니 부끄럽네요.

언니: 실천하지 못한 이유를 물어봐도 될까요?

동생: 나에게 안 좋다는 것도 알고 있었고요. 만약 많은 청소년들이 시도해 본다는 손목 긋기. 그런 걸 한다면 저의 정신이 더 우울해지고 피폐해질 것 같아서 안 했어요. 두려움도 있었어요. 왜 안 무섭겠어요. 아, 지금 생각하니 정말 무섭네요.

언니: 네, 더 이상의 질문은 힘들 것 같네요. 오늘 질문은 여기서 마칠게요.

동생: 네, 감사합니다.

- 인터뷰 후 -

나는 언니가 왜 급하게 인터뷰를 끝냈는지 알 수 있었다. 언니가 너무나 놀란 얼굴로 인터뷰를 마치겠다고 하는데 모르는 게 더 이상했다. 놀란 언니는 물었다.

"너 설마 자해. 진짜 장난으로라도 손목을 그어 보거나 한 적은 없지?"

"없지. 정말 생각만 했다니깐?"

"야! 왜 무섭게 그런 생각을 했었어?"

"난 쓸모없는 존재라고 생각했으니까. 없어져도 괜찮지 않을까 생각했어. 하도 십 대들이 많이 해 본다기에 별거 아니라고 생각하기도 했고."

"그러면 일시적으로 우울감이 왔을 때 그랬던 거야?"

"그렇지 뭐. 그냥 내가 한심하다 싶었을 때는 필통에 있는 칼을 한번쯤 쳐다보는 정도였던 것 같아."

"정말 안 한 거 맞지? 우리 생각은 안 났어?"

"맞아, 언니 말대로 엄마, 아빠 생각이 나서…… 그리고 나면 언니, 오빠 생각이 났고, 내 친구들 생각이 그 다음으로 났고 그러면 칼을 내려놓게 됐어. 뭐 그리고 아까 말했듯이 두렵기도 했고. 근데 아까 물었던 거 왜 자꾸 물어? 많이 놀랐어?"

"그지…… 아까 다 물어봤었네."

"많이 놀랐네."

"당연하지 이 자식아! 놀라지 내 동생은 안 그럴 줄 알았으니깐, 미안하다. 동생아. 힘들었을 텐데 네 맘을 몰라서……."

4. 중2병을 날려 보내는 법

언니: 이번이 마지막 인터뷰입니다. 잘 부탁드리겠습니다.

동생: 저도 잘 부탁드립니다.

언니: 저번 인터뷰를 급하게 마쳐 죄송합니다. 혹시나 더 이야기
　　　하고 싶었던 중2 때 했던 행동들이 있나요?

동생: 저는 거의 학교 집 학원을 반복했고 집에서는 겨우 숙제를
　　　하거나 아니면 대부분 휴대폰을 했기에 더는 없는 거 같아요.

언니: 그러면 오늘 인터뷰 시작해 봅시다. 중학교 1학년 때 『미움받을 용기』라는 책을 읽고 도움이 많이 되었다고 이야기하셨어요. 중학교 2학년 때도 그런 책이 있었나요?

동생: 하하. 너무 단순하게도 그때 나왔던 것인지는 몰라도 『미움받을 용기2』를 봤어요. 이 책 또한 제 생각을 많이 바꿔 주고 생각을 다시 한번 정리하게 해 주었어요.

언니: 어떤 생각들을 바꾸게 해 주었나요?

동생: 처음 『미움받을 용기』를 읽을 때는 눈에 들어오는 이야기만 받아들였어요. 내용을 제대로 이해하지 못했던 것이죠. 그래서 중2 때 제 스스로에게 미움을 주고 부정적인 부분을 제가 스스로 받아들였던 것 같아요. 그런데 2권을 읽을 때는 꼼꼼하게 다 읽었어요. 내가 스스로 행복으로 가는 길을 찾았고 생각을 했던 거 같아요. 한마디로 제게 스스로 주던 질타를 사랑으로 바꾸어야 행복해진다는 것을 깨달았죠.

언니: 책 말고는 중학교 2학년 때 끼쳤던 영향은 없나요?

동생: 당연히 있었죠.

언니: 어떤 것들이었나요?

동생: 일단 저는 선생님들과 친구들에게 좋은 영향을 받았어요.

언니: 선생님이라고 하면 어떤 선생님인가요? 담임 선생님?

동생: 네. 저는 담임 선생님을 가장 좋아했어요. 감사하게도 저를 좋게 봐주시기도 했고요. 각자 애들을 신경 써 주시는 것이 보였어요. 그리고 선생님께서 항상 즐겁게 해 주시려고 하는 모습이 너무 감사했어요. 한편으로는 나도 저런 사람

이 되고 싶다는 생각을 많이 했던 거 같아요.

언니: 친구들은 어떤 영향을 주었나요?

동생: 제가 부정적으로 보던 친구들은 하지 말아야 하는 행동을 알려 준다고 생각했어요. 그리고 좋게 보던 친구들은 담임 선생님처럼 따라 해야 하는 행동을 해 준다고 생각했어요. 그런 영향을 주었죠. 롤모델처럼요.

언니: 또 조력자가 있다면요?

동생: 어머니가 많이 도와주셨어요.

언니: 어떤 도움이 있었나요?

동생: 누군가를 평가하고 평가하기 위해서, 그 사람들을 신경 쓰는 것은 나의 많은 에너지를 소비시키고 내가 힘들어다는 것을 알게 해 주셨어요. 특히 저는 사람 눈치를 많이 봤었거든요. 그게 저 사람은 나보다 멋지다고 평가한 사람 앞에서는 더 그랬구요. 어머니께서 그러지 않아도 된다는 걸 말해 주셨어요.

그리고 모든 사람은 중요하다는 것을 생각하게 해 주셨어요.

언니: 구체적으로 물어봐도 될까요? 어머니는 본인이 사람에 대한 평가를 하고 자꾸만 타인들의 눈치를 본다는 것을 알고 이야기 하신 건가요? 어떤 이야기를 하다가 어머니와 그런 이야기기를 나누게 되었나요?

동생: 아니요. 사실 처음에 어머니는 모르셨어요. 어머니와 그런 이야기를 나누게 된 것은 어머니께서 심리학 전공으로 대학원을 나오셔서 많은 이야기를 나누기도 했고 그때 참 많

이 싸우기도 했거든요. 또 저는 감정을 정리하지 않고 무작정 표출하던 시기였기에 화도 많이 냈죠. 그러다 어느 순간 조금씩 건네는 그런 사소한 이야기부터 고민들을 이야기하다가 제 생각이 바뀌었던 거 같아요. 제가 쓸모없는 사람에서 소중하고 쓸모 있는 사람이라는 생각으로 바뀌게 된 한 사건이 있었어요. 하루는 어머니와 싸우다가 너무 감정이 격해졌고 저는 소리를 지르고 방에 들어갔어요. 혼자 울고 있는 중에 어머니께서 방에 들어왔어요. 저에게 울지 말라고, 뭐 잘했냐고 하고 잔소리를 할 줄 알았는데 어머니께서는 저에게 "네가 많이 힘들었겠다. 엄마가 미안해."라고 하셨어요. 그리고 토닥여 주셨어요. 그 순간 딱 저는 '아, 나는 어머니에게 사랑받고 있고 귀한 딸이구나, 내가 그걸 잊고 있었구나.'라는 것을 깨달았던 거 같아요.

언니: 아름답네요. 가장 도움을 많이 주신 분이 어머니인가요?

동생: 그렇죠. 가장 많이 싸우지만, 한편으로는 늘 제 고민을 항상 들어주시고 생각을 말씀해 주시니깐 좋은 영향을 많이 받게 되죠.

언니: 이 질문은 호기심으로 하는 질문이에요. 많이 외로우셨다면 남자 친구를 사귄 적은 없으신가요?

동생: 하하하. 당연히 있죠. 후회하지는 않지만 만약 과거로 돌아간다면 안 할 짧은 연애를 했었죠.

언니: 남자 친구에게 도움을 받은 적은 없나요?

동생: 음. 잠시는요. 그런데 또 헤어지고 나서 많은 걸 깨닫게 해

주었어요. 내가 무엇을 잘못했는지 저 자신에 대해 생각하는 기회가 되기도 했어요. 무엇이든 전 제 위주로 생각했더라고요. 물론, 이걸 그 잠깐 있었던 연인의 도움이라고는 말할 수 없지만요.

언니: 하하— 네, 다음에는 중학생의 연애 이야기도 들어보고 싶네요. 인터뷰에 응해 주셔서 고맙습니다. 중2병을 극복한 당신, 이제 행복한 고등학교 생활을 시작하시기 바랍니다. 수고하셨습니다.

동생: 감사합니다. 수고하셨습니다.

에필로그

인터뷰를 마치고 언니는 미친 듯이 녹음을 들으며 인터뷰를 쓰는 거 같았다. 왜 저렇게 열심히 하는지 모를 때쯤 언니는 나에게 물었다.

"너 인터뷰하고 느낀 점 안 물어봤는데 지금 말해 봐."

"처음에는 언니가 귀찮게 하는 거 같아서 대충 대답하려고 했는데 중1 때 하고 중2 때 생각을 하다 보니깐 좋았던 거 같아."

"조금 더 창의적으로 대답해 봐. 어떻게 좋았는지 뭐 이런 거."

"음…… 언니와 이런 사춘기 이야기를 할 줄은 몰랐는데 이런 인터뷰로 내가 이렇게 지냈다는 것을 말하는 게 좋았어. 그리고 내가 힘들었던 이야기나 생각했던 것을 말하면서 내가 어떤 생각을 했는지 생각해 볼 수 있어서 좋았어.”

“오오. 이제 됐어! 마감 끝!”

“좋겠네. 근데 언니 이거 왜 하는 거야?”

“귀찮기도 해. 그런데 재미있어. 글 쓰는 능력도 좋아지는 거 같고 우리 동아리에서 한 결과물이 나오면 뿌듯하기도 하고.”

“응…… 그런데 언니는 사춘기 없었어?”

“난 성숙하니깐 없었지.”

“장난치지 말고 진짜 없었어? 딱 내 나이 때 짜증 제일 많이 내고 엄마랑 이야기도 많이 했잖아.”

“나는 너처럼 심하게 생각했던 거 같진 않은데? 쉽게 짜증은 났는데 사춘기라고 느끼지는 못했던 거 같아. 아마 사람마다 느끼는 정도가 달라서가 아닐까? 내가 비교적 무난하게 넘어가서 몰랐는데, 사실 네가 그렇게 힘들었는지 몰랐어. 진짜 미안해. 인터뷰 내내 마음이 아팠어. 눈물 한 방울 흘릴 뻔했다는 건 비밀이다. 이 언니가 앞으로 더 많이 사랑해 주마. 싸랑하는 내 동생아!”

“그냥 언니도 물어봤으니깐 나도 궁금했어.”

“아마 네 이야기는 다음다음 달에 나올 거 같아.”

“오, 나오면 바로 보여줘.”

“알았어. 근데 우리 학교 사람들이랑 부모님들 다 봐도 되지?”

“아…… 아마도?”

“아니다. 너한테는 안 물어봐야 하는 거네. 이미 냈기 때문에 어쩔 수 없어.”

“아니 그렇게 무섭게 말을 하면 너무 무서운 걸?”

"동생아, 이 언니는 절대 무서운 사람이 아니란다. (흐흐흐)"

"아, 몰라 몰라. 이제 너무 힘들어. 과거에 대한 생각을 한다고 머리를 굴렸더니 힘들어. 난 이제 자야겠어."

"사랑하는 동생아, 미안한데 너 지금 고등학교 숙제는 하니? 너 그거 한 주 만에 못 한다."

"알았어. 오늘은 안 돼. 언니 숙제해 준다고 해서 너무 지쳤어."

"뭐야. 그냥 너 좋아하는 말하는 거 더 해 주게 해 줬잖아."

"미안하지만 그런 친절은 필요 없었다고."

"아, 몰라~~~ 숙제 열심히 해. 그거 쌤들이 하나하나 다 읽어본다?"

"알았어. 잘 자. 난 잘 거야."

- 그렇게 우리는 다시 현실 자매로 돌아왔다. -

후기 ✦

    이렇게 제법 긴 글을 끝까지 쓴 것은 처음이다. 그래서 많은 실수도 있고 재미없는 내용일 수도 있다. 그래도 중2에 있는 학생들이 읽었으면 하는 마음에 썼다. 중2는 정말이지 누구에게나 예민한 시기니까. 그래서 더 부담스럽기도 했었는데 그러다가 엄마에게 말하니깐 그냥 그렇게 심각하고 무겁게 생각하지 말고 그냥 스스로 내 이야기를 편안하게 썼으면 좋겠다고 해서 글을 쓸 때는 나의 이야기만 생각하고 썼던 거 같다.

    이 글을 쓰면서 새로 느낀 것들도 많은데 사실 나는 중학교에 와서 중3이 되고 나서야 내가 행복해진 줄 알았다. 이번 책을 쓰면서 내가 좋았던 일들이 많이 있었고 좋은 친구들도 많았다는 것을 깨달은 거 같다. 나 스스로가 힘들 때 좋은 반에 있었고 3년 내내 좋은 선생님을 만날 수 있었다. 그런 내 환경들을 생각해 보고 오로지 힘들 고 우울했던 날들만 있었던 것이 아니었던 거 같다.

책을 쓰면서 또 생각이 났던 것은 작년에 이렇게 책을 쓸 기회가 있었는데 제대로 살리지 못해 많은 후회를 했다. 새로운 경험을 하고 또 다시 책을 쓰면 조금 더 잘 썼지 않을까? 라는 생각을 했다. 사실 작년에 책을 덜 써서 도서관 담당선생님께 살짝 눈치도 보였고, 이번에도 내가 못 쓰면 정말 잘못한 거 같아 계획서 쓸 때도 눈치가 보였다. 그런데 사실 그것도 다 나만의 생각이었다. 다시금 이렇게 기회를 주시고 늘 웃으며 일단 조금이라도 쓴 후에 함께 이야기 나눠 보자라는 선생님의 격려가 너무나 감사했다. 내 주변에는 좋은 사람들이, 나를 행복하게 만들어 주는 사람이 늘 있었던 것이다.

책을 쓰는 것이, 이런 기록을 하는 것이 생각을 정리하도록 도와주는 것이라는 사실을 책 쓰면서 알게 된 것 중 하나이다. 역할극 하는 거처럼 작가처럼 써 보기도 하고 즐겁게 썼던 거 같다. 책 쓰는 것이 즐겁고 내 이야기라서 더 좋았던 거 같다. 매끄럽지 못했더라도 이해해 주시기를 바란다.

다음번 나의 글은 한층 더 업그레이드되어 있으리라.

행복
영화관

Enjoy Writing Books

이수영

이수영

○ **나이**: 16세 (중3)

○ **장래 희망**: 8년 가까이 판사가 장래 희망이었는데, 3학년 들어 진로 고민이 생겼습니다. 조금 혼란스러운 시기입니다. 여러 가지에 관심을 두고 있으나 확실히 하고 싶은 한 가지 진로는 없습니다.

○ **좋아하는 것**: 음악, 넷플릭스, 왓챠플레이, 책, 여행

○ **소망하는 것**: 아이슬란드에 아름다운 2층집 지어서 소박하게 살기

○ **여행 가고 싶은 나라**: 아이슬란드, 덴마크, 영국

○ **좋아하는 가수**: Coldplay, The Beatles, The 1975 그리고 NCT 127

○ **나에게 행복이란**

내가 매일 덮고 잠드는 이불과 같은 것.

영화나 드라마에서 만들어 낸 가상 인물들은 실제 우리가 살아가는 모습과 비슷하기도 하고 완전히 다르기도 하다. 하지만 로맨스물에서도, SF물에서도 인간의 천성과 본능은 크게 바뀌지 않는다. 인간의 보편적 감정은 대부분 영화와 드라마에서 드러난다. 그중에서도 행복은 가장 잘 드러나는 감정 중 하나이다. 이번 우리 동아리의 글쓰기 주제는 '고산인의 소소한 행복'이다. 처음에는 소설을 통해서 행복의 소중함이나 교훈을 전달할까 생각했었다. 하지만 행복이라는 건 우리 일상생활에서 쉽게 찾을 수 있는 감정이고, 일상에서 쉽게 접할 수 있게 된 '영화'를 통해 내가 말하고자 하는 행복의 의미를 전달하고 싶었다. 이를 위해 평소 영화를 좋아하는 내가 본 약 250편의 영화 중에서 행복에 대해 생각해 볼 수 있는 5가지 작품을 선정해 소개하고 행복이란 무엇인가에 대해 같이 생각해 보고 싶다.

(이 글에 쓰인 이미지는 공유가 가능한, 저작권에 위배되지 않는 자료를 사용함을 밝힙니다.)

© Pexels.com

월터의 상상은 현실이 된다

2013년 연말, 극장가에 특이한 제목의 영화가 개봉했다. 나는 영화 내용도 모르는 상태로 이상한 제목에 이끌려 충동적으로 영화를 보게 됐다. 영화 제목은 '월터의 상상은 현실이 된다.' 제목에서 알 수 있듯이 주인공은 월터 미티라는 인물이다. 월터는 16년 동안 잡지사 LIFE에서 아날로그 필름을 가공하는 일을 맡고 있다. 잡지의 폐간호 발행을 앞두고 저명한 사진사 숀 오코넬은 인생 최고의 역작이라며 필름을 하나 보내지만, 그 필름이 분실된다. 월터는 다른 사진들을 통해 숀이 그린란드에 있다는 걸 알게 되고, 필름을 찾기 위해 난생처음으로 머나먼 세계 여행을 떠나게 된다.

월터는 영화 초반에서 상상하기를 즐기지만, 현실은 책상 위에서 고군분투하는 따분한 직장인으로 묘사된다. 반복적 일상에 지친 월터는 다른 직장 상사들에게 괴롭힘도 받는다. 그런 월터에게 유일한 일상의 탈출구는 상상하기다. 영화는 월터가 영화 초반에 보여 준 상상들이 현실이 되는 모습들을 보여 준다. 험준한 히말라야 산맥을 오르고, 좋아하는 여자와 데이트를 하고, 직장 상사를 골려 주는 상상들이 모두 현실이 된다. 그리고 상상이 현실이 되면서 완전히 달라진 월터의 모습도 볼 수 있다. 찌질하고 밍숭맹숭했던 월터는 의도치 않은 여러 모험과 도전을 거치며 용기와 인생의 활기를 되찾는다.

기존에 월터가 보여 줬던 모습은 어딘가 위축되어 있고, 하고 싶은 말도 제대로 하지 못하고, 화가 나거나 답답한 일은 상상으로 이루어 내는 소극적인 모습이었다. 심지어 직장 상사는 상사라는 이유로 월터를 조롱하는 노래를 부르고, 잉크병을 월터에게 던지기도 한다.

인생의 즐거움은 일에 밀려 사라진 지 오래였고, 행복했던 기억이라고는 중고등학생 때에 쌓은 추억이 유일한 사람이었다. 하지만 월터는 세계 여행을 하며 자신이 잊고 있었던 '즐거운 일'들을 하며 행복을 찾아간다. 좋아하던 스케이트보드도 타고, 고산 지대에서 현지인들과 축구를 즐기며 해맑게 웃는 모습은 영화 초반부에서 월터가 보여 주었던 답답함을 잊게 만든다.

영화는 우리가 흔히 행복해지는 방법이라고 말하는 것을 보여 준다. 바로 '원하는 일 하기'. 우리나라 학생들이 행복하지 않은 이유가 원치 않는 공부를 억지로 해서라는 말이 있듯이, 진정 원하지 않는 일을 하면 그게 무엇이든 즐겁게 해낼 수 없다. 즐거운 일은 곧 행복으로 직결된다. 예를 들어 정말 맛있는 음식을 먹고 나면 기분이 좋아지고 행복이 느껴진다. 좋아하는 사람들과 같이 시간을 보내면 행복해진다. 같은 이치로 좋아하는 일을 하고 나면 우리는 행복해진다. 어른들은 학생들에게 이렇게 자주 말한다. '지금이 좋을 때다. 나중에는 시간 없어서 좋아하는 일도 제대로 못한다. 지금을 즐겨라.'라고. 실제로 중학교를 졸업하고 고등학교에 진학하는 순간 공부 전쟁이 시작된다. 대입을 준비하는 동안은 좋아하는 일들을 많이 포기하면서까지 공부를 해야만 좋은 대학 혹은 원하는 대학의 원하는 학과에 들어갈 수 있다. 생각해 보면 우리가 10대 시절에 즐길 수 있는 좋아하는 일을 하는 시간은 중학생까지만 즐길 수 있는 특권이다. 학생의 본분은 공부이기 때문에 공부하지도 않고 계속 노는 건 문제지만, 계속 공부만 하는 것도 큰 문제다. 학업에 쫓겨 자신이 진정으로 좋아하는 일이 무엇인지도 모르고 허망하게 10대 시절을 보내는 건 시간 낭비라고 생각한다. 좋아하는 일은 꼭 거창할 필요가 없다. 맛있는 음식 먹기, 친구와 수다 떨기, 혹은 유튜브에서 재밌는 영상을 찾아보는 것도 행복을 가져다줄 수 있다.

행복은 특별한 감정이 아니다. 다른 부정적인 감정에 비해 우위에 있는 감정도 아니다. 단지 우리 삶의 원동력이 되어 줄 뿐. 우리가 살아가다 보면 화나는 일이 생기고 슬픈 일이 생기듯이 자연스럽게 생겨났다 사라졌다 하는 평범한 감정이다. 나는 사람들이 행복을 거창하게 생각해서 행복해지려면 돈이 많이 필요하다, 시간이 많이 필요하다고 생각하지 않았으면 좋겠다. 실제로 영화에서도 경제적 이익만을 좇는 월터의 상사는 결과적으로 수많은 직원의 행복을 파괴하고, 잡지에 담겼던 수십 년의 추억과 경험, 삶을 없애 버리는 일들을 벌인다. 여행과 같이 돈과 시간이 많이 필요한 활동들이 더 큰 행복을 가져다줄 수는 있겠지만, 작은 행복들이 모여 큰 행복을 일궈낸다면 소소한 일에서 행복을 찾는 것도 좋지 않을까?

© The Secret Life of Walter Mitty, 2013. imdb.com

마담 프루스트의 비밀정원

'마담 프루스트의 비밀정원'은 영상미와 스토리가 좋은 영화로 제목만 알고 있었던 작품이다. 힐링 감성 영화를 좋아하는 나로서는 언젠가 꼭 보겠다고 생각하고 있었는데, 마침 CGV에서 재개봉을 해서 얼마 전에 보게 되었다.

영화의 주인공 폴은 어릴 적 부모님을 잃은 충격으로 실어증을 앓는 피아니스트이다. 피아니스트로서는 인정받는 인재지만, 30살이 넘도록 두 이모의 말에만 따라, 하고 싶은 일이 무엇인지도 모른 채, 매일 정해진 똑같은 일상을 반복한다. 오로지 폴이 휴식할 수 있고 마음을 놓을 수 있는 장소는 바로 공원.

폴에게는 두 이모에게서 벗어나 공원에서 빵을 먹으며 멍을 때리는 게 유일한 낙이다. 그렇게 변함없이 무료한 일상을 보내던 폴은 우연히 같은 건물에 사는 마담 프루스트의 집에 들르게 된다. 마담 프루스트는 폴에게 아스파라거스를 넣은 따뜻한 허브차를 한 잔 끓여 주고, 그 차를 마신 폴은 돌아가신 부모님에 대한 과거를 떠올리게 된다. 이후 폴은 주기적으로 프루스트를 찾아가 차를 마시며 조각난 과거에 대한 기억 퍼즐을 맞춰간다.

폴이 살아가는 환경은 언뜻 보기에는 굉장히 안정되고 행복해 보인다. 어느 상황에서도 폴을 지지해주는 헌신적인 이모들, 피아니스트로서 받는 사회적 인정과 명성. 하지만 폴이 치는 피아노곡에는 영혼이나 감정이 실려 있지 않다. 멍한 눈으로 외운 악보를 쳐낼 뿐, 곡에 폴의 개인적인 감상이나 감정은 담겨있지 않다. 폴은 30년이 넘도록 자신이 원하는 일이 무엇인지, 하고 싶은 일이 무엇인지 알지 못한 채 살아간다. 무기력한 표정으로 로봇처럼 피아노를 치는 폴의 모습은 어딘가 짠하기도 했다. 하지만 마담 프루스트와의 만남 이후 폴은 바뀌게 된다. 그리워하던 어머니를 꿈속에서 만나고, 아버지에 대한 오해를 푼 폴은 좋아하던 노래도 다시 떠올리게 되고, 부모님을 향한 사랑으로 다시 행복과 기쁨을 맛본다. 텅 빈 눈동자에는 다시 행복과 영혼이 깃든다. 울 줄도, 웃을 줄도 알게 된다. 그리고는 좋아하는 여자에게 고백도 하고, 사랑스러운 가정을 만들어 행복하게 살아간다.

'마담 프루스트의 비밀정원'의 폴과 '월터의 상상은 현실이 된다'의 월터는 비슷한 점이 많다. 두 영화의 주인공 월터와 폴은 원하는 일도, 좋아하는 일도 모르는 채 살아간다. 무료하고 무기력한 일상 속에서 본인이 누구인지, 어떤 삶을 살고 싶은지도 잊은 채 살아간다. 두 사람은 반복되는 일상 속에 자신의 정체성을 잃어 버리면서 로봇처럼 살아가는 지치고 낡은, 현대인의 모습을 전형적으로 보여주는 것 같다. 두 사람이 변화하게 되는 매개는 바로 여행이다. 세계여행을 통해 월터는 경험과 더 넓은 시야를, 폴은 잃어 버린 기억을 과거로의 여행을 통해 되찾는다. 마르셀 프루스트가 쓴 책의 제목인 '잃어버린 시간을 찾아서'처럼 두 사람은 잃어 버린 자유와 행복을 되찾는다. 독일의 작곡가 바그너가 '여행과 변화를 사랑하는 사람은 생명이 있는 사람이다.'라고 말했듯이, 두 인물은 우리에게 행복을 찾아 지금 그대로를 살아가기보다는 자신이 원하는 일을 찾아 과감한 모험을 떠나기를 제안한다. 모험을 통해 나 자신을 바꿔보자는 이야기를 건넨다. 하지만 이 두 사람은 우리보다 훨씬 지루하고 따분하게 살아온 인물이다. 두 사람은 웃을 일이 전혀 없었지만, 아무리 학교 생활이 힘들다고 해도 사실 우리는 웃을 일이 많다. 매일 웃으면서도 행복감을 느끼지 못한다면 어떡할까? 정말 과감한 모험, 예를 들자면 여행을 통해 나 자신을 바꿔야 하는 걸까?

나는 다르게 생각한다. 물론 웃을 수 있는 일들이 행복을 무조건 가져다준다고 할 수는 없다. 하지만 자신이 웃는다는 건 그 상황을 나름대로 즐기고 있다는 의미가 아닐까? 자신이 웃게 되는 계기를 생각해 보자. 최근에 가장 즐거웠던 때를 생각해보자. '그때 나는 혼자 있었나? 아니면 친구랑 같이 있었나? 아니면 가족? 그때 무엇을 하고 있었지? '이런 자문자답을 통해 어쩌면 우리는 행복을 찾을 수 있을지도 모른다. 나 자신을 먼저 알아 가는 게 행복의 첫 단추가 된다. 월터는 스케이트보드를 통해, 폴은 가족에 대한 추억을 통해 잊고 있었던 진정한 자신의 내면을 되찾는다. 그들처럼 우리도 나 자신을 되찾아 보면 어떨까?

ⓒ Attila Marcel, 2013. imdb.com

세 얼간이

내가 본 몇 안 되는 인도 영화 중에서 단연 최고의 작품은 '세 얼간이'다. 아마 여러분들도 이 영화를 많이 알 것이다. 제목만큼 이 영화를 짧고 단단하게 잘 표현해 낸 말이 있을까? 유쾌하면서도 그 여운이 제법 오래가는 영화다.

세 얼간이의 주인공은 세 명의 남자. 란초, 파르한, 라주.

그중에서도 란초는 비상한 두뇌를 지니고 있지만 다른 여느 학생들과는 다르다. 좋은 성적과 취업을 강요하는 명문대 ICE의 학생들은 공부와 수많은 과제에 미쳐 있는 그야말로 공부벌레들이다. 비상한 두뇌를 가지고 있지만 재수 없이 말하는 학생들이 있는가 하면, 공부와 과제의 중압감을 버티지 못하고 자살하는 학생도 있다. 란초는 굉장히 똑똑하지만 절대 자만하지 않는다. 오히려 교과서에서 배운 지식을 활용해 자기를 괴롭히던 날라리들에게 따끔한 맛을 보여 준다. 수업 시간에는 교수님 말에 무조건 고개를 끄덕이는 게 아닌, 궁금한 점에는 도발적인 질문을 날려 교수님을 당혹스럽게 만들기도 한다. 파르한과 라주는 란초의 독특함에 끌려 친구가 된다.

란초는 자유롭게 살아가지만, 파르한과 라주는 다르다. 라주는 가난한 가족을 먹여 살리기 위해 가장의 역할을 등에 지고 무조건 좋은 직장에서 돈을 벌어야 하고, 파르한은 부모님의 등쌀에 떠밀려 좋아하는 사진 찍기도 포기한 채 공대에 진학했다. 파르한은 공대에 와서도 여전히 사진을 포기하지 못한다. 부모님께 자신의 사진을 향한 열정을 이야기해 보지만, 아버지는 돈도 안 되는 일을 왜 하냐며 단

칼에 파르한의 꿈을 무시해 버린다. (우리나라 드라마나 소설에서도 단연 많이 등장하는 장면이다.) 삼총사의 영원한 라이벌, 일명 '소음기'라고 불리는 차투르는 아는 게 많고 뛰어난 두뇌를 가졌지만, 재수 없기 그지없다. 자신의 잘난 머리를 자랑하는 건 둘째치고, 돈과 명성에 눈이 먼 인물이다. 주입식 암기를 통해 교수님들은 똑똑하다며 아끼지만, 정작 인간 됨됨이는 엉망인 헛똑똑이다. 주위에 있다면 정말 함께 있기 싫은 인물이다.

차투르를 보며 내가 느꼈던 점은 머리만 좋다고, 든 지식이 많고 잘난 건 아니라는 거다. 우리는 흔히 똑똑한 사람을 보며 대단하다며 동경하기 마련이다. 하지만 겉으로 보이는 게 다가 아니다. 아무리 멍청하고 이상할지라도, 친절하고 착하며 다른 사람의 감정을 헤아리는 따뜻하고 싹싹한 사람이 훨씬 좋지 않을까?

파르한은 아버지가 정해준 공학자라는 길을 걷고 있다. 주변에서 흔히 볼 수 있는 경우인데, 부모가 자신이 이루지 못한 꿈을 자식에게 투영시켜 대신 이루려고 하는 경우다. 주로 이런 사람은 자신이 하고 싶은 일이 무엇인지 모르거나 하지 못하는 경우가 대다수다. 파르한이 하고 싶은 일은 사진사인데, 아버지의 격렬한 반대에 부딪혀서 하고 싶지도 않은 공학 공부를 하고 있다. 안타까운 인물이다.

또한 '인생은 레이스다'를 모토로 삼는 ICE 대학 총장 비루의 아들도 그랬다. 아들은 기차 사고로 인해 안타깝게 목숨을 잃은 수재였다. 비루는 아들이 불의의 사고사를 당한 줄 알고 있었지만, 사실 그 내막은 이러하다. 아들의 오랜 꿈은 소설가였다. 하지만 아버지는 공학자의 길을 끝없이 강요했고, 스트레스를 이기지 못한 그는 결국

여동생 둘에게 유서를 남긴 채 스스로 극단적인 선택을 하고 만다. 내가 보기에 비루 총장은 우리에게 돈을 잘 벌 수 있고 명예를 안겨 줄 수 있는 직업을 강요하는 사회를 풍자한 인물로 보인다.

통계청에 따르면 2018년 우리나라 청소년 사망 원인 1위는 자살. 2015년 청소년 자살 원인 1위는 학업 스트레스였다. 그리고 또 다른 통계에 따르면 청소년들이 행복하기 위해서 필요한 것으로 물질적 안정을 고르는 경우는 더욱 늘어나고 있다.

우리는-학생들은 왜 행복하지 않을까?

학생들 중 공부를 진정으로 좋아하는 학생이 몇 명이나 될까? 아니, 공부를 좋아해도 궁극적으로 좋은 대학에 가기 위한 입시 교육을 즐기며 할 수 있는 학생들은 얼마나 될까? 우리는 고입, 대입, 취업을 위한 온갖 시험을 치르게 된다. 그 과정에 우리가 하고 싶은 일들은 포기하기 마련이다. 더 좋은 대학에 가기 위해 우리는 코피 흘려가며 경쟁적으로 공부한다. 대학에 가면 원하는 걸 할 수 있다는 어른들의 말은 취업 준비에 가려진 지 오래다. 하고 싶지도 않은 입시 공부를 쉬지 않고 12년이란 값진 시간을 들여가며 하면 당연히 우울해지지 않을까? 우리는 그 속에서 정말 나 스스로를 찾을 수 있을까?

그나마 내가 좋아하는 걸 잘 알고, 내가 미래에 커서 무슨 일을 하고 싶은지에 대해 확고한 목표가 있으면 덜 하다. 하지만 내가 뭘 하고 싶은지도 모른 채 오로지 좋은 대학에 가겠다는 일념하에 공부하는 학생들은 다른 학생들보다 훨씬 불행해진다. 안타깝게도 대부분의 학생이 그러한 상황이다. 더 자주 공부에 대한 회의감이 들고, 뚜렷한 목적도 없이 무조건 달려가기만 하면 이 달리기의 끝은 대체

어딘지, 끝은 있을지, 만약 끝에 가더라도 무엇이 기다릴지 의문만
더 많아진다. 그리고 사실은 나도 그러한 상황이다.

앞의 두 영화를 통해 이야기했듯이, 행복을 찾기 위해서라면 과
감한 모험을 떠나야 할 때도 있다. 하지만 모험에 앞서 우리는 우리
가 무엇을 하고 싶은지를 알아야 한다. 모험을 통해 나에 대해 알아
갈 수도 있지만, 결국 모험도, 여행도 궁극적인 목표가 있어야 똑바
로 옳은 길로 나아갈 수 있지, 뚜렷한 목적의식 없이는 무작정 달려
나가는 것과 똑같다.

목표 의식이 있다는 것. 원하는 것이 분명하다는 것이 우리 모두
에게 필요한 것 같다.

'너의 재능을 따라가면 성공은 뒤따라올 것이다'

영화가 끝나며 내레이션으로 읊는 대사이다. '저는 재능이 없는
데요'라고 대부분의 학생들이 말할 수 있다. 그리고 무엇을 잘하는
지도 모르겠다고 말이다.

나도 특출난 재능 없이 태어났고, 10년 가까이 내 재능을 찾으려
고 노력했는데 결론적으로 아직은 이렇다 할 재능을 찾아내지 못했
다. 하지만 적어도 나는 맹목적으로 공부를 하고 살아가지는 않는
다. 재능은 또 다른 의미로 흥미라고 생각한다. 그 흥미를 발전시켜
목표를 찾는 것이다. 내게는 분명한 목표가 있다. 내 생각에 목표가
무조건 하나로 뚜렷할 필요는 없다. 추상적인 목표 속에서도 우리는
뚜렷한 무언가를 건져 낼 수 있다. 세계 평화, 멋진 집. 무엇이든 상

관없다. 그 일이 당신이 원하는 일이고, 진정한 행복을 느낄 수 있는 것이라면 무엇이든 상관없다. 목표를 찾았다면 따라가자. 그 목표를 위해서 공부가 필요하다면 공부를 하고, 다른 노력이 필요하다면 부가적인 노력을 해야 한다. 물론 그 과정은 고되다. 하지만 자신이 원하는 바를 따라가다 보면 즐거울 때가 더 많다. 힘들 때, 주저앉고 싶을 때 자신이 목표한 바를 떠올리면 다시 일어날 힘이 생긴다. 다시 할 수 있다는 용기와 희망이 생긴다. 우리 모두 목표 없이 공부만 하는 '헛얼간이'가 아니라 목표를 위해 공부를 하는 그야말로 '똑똑한 얼간이'들이 되었으면 한다.

ⓒ 3 idiots, 2009. imdb.com

벌새

국내외 영화제를 통틀어 상만 25개를 받은 데뷔작.

도대체 무슨 영화길래 개봉하기 전부터 야단법석일까? 라고 생각했었다. 집 근처 상영관에서는 내게 맞는 상영 시간이 없어 내용도 모르는 영화를 보러 버스를 40분 타고 나가 영화를 봤다. 처음에는 지루했다. 하지만 점점 빨려 들어갔다.

94년, 14살의 은희는 대치동에 사는 평범한 아이다. 아직은 어리고, 공부도 안 하고, 수업 시간에 엎드려 자기만 하는 불성실하지만 평범한 아이. 은희는 평소처럼 한문 학원에 가다가 담배를 태우고 있는 파리한 여자를 보게 된다. 학원에 들어선 은희는 그 흡연자가 새로운 한문 선생님인 영지 선생님임을 알게 된다. 은희는 삼 남매의 막내로 태어나, 불량한 언니, 대원외고 지망생 오빠 사이에서 부모의 관심을 덜 받고 자란 아이다. 그러던 은희가 아프다고 하자, 부모님은 드디어 관심을 가져준다. 언니는 은희에게 불량한 범법의 세계를 보여 주고, 오빠는 폭력으로 세계의 어두운 면을 보여 준다. 이리 지치고 저리 지쳐 자신이 어디로 가고 있는지도 모르는 은희에게 보기보다(?) 친절한 영지 선생님은 소중한 존재로 곧 자리매김한다.

은희는 사춘기에 접어든 평범한 아이로 묘사된다. 한 학년 후배와 양동생도 맺고, 몰래 담배도 피우고, 남자 친구 때문에 설레이기도 하는 평범한 사춘기 소녀다. 하지만 열네 살 은희에게 세상은 호락호락하지 않다. 행복해지려고 하면 친구와 갈라서고, 남자 친구가 떠나가고, 주변의 소중한 사람들이 자꾸만 등을 돌린다. 그런 은희에게 의지할 만한 사람은 영지 선생님이 유일하다.

영화를 보는 중간 많이 울었었다. 은희의 열네 살은 내가 지낸 열네 살 때보다는 극단적으로 힘든 일들이 가득하다. 하지만 무대인사에서 누군가가 감독에게 '은희를 보는데 저를 보는 것 같았어요.'라고 말했듯이, 누군가는 은희처럼 살아가고 있을 것이다. 나 또한 은희와 비슷한 경험을 했었다. 내가 믿고 있던 사람은 실은 나보다 더 소중한 사람이 있었을 때의 배신감과 쓰린 마음. 소중한 사람이 영영 떠나갈 때 느끼는 그 감정. 은희는 겉으로 힘들다고 표현하지 않지만 우리는 모두 그 감정들의 무거움을 알고 있다. 그 무거움이 내 눈물에서 느껴졌다.

은희는 쓰리고 아픈 삶을 살아가지만 결코 빛을 잃지 않는다. 넘어졌다가도 다시 일어나는 개구리처럼 은희는 다시 일어나 앞으로 나아간다. 그리고 그 과정에서 은희는 성장한다. 처음 영화가 시작할 때, 집 열쇠가 없어 엉엉 울며 '문 열어줘, 엄마!'라고 외치던 은희는 끝에 와서는 스스로 열쇠로 문을 연다. 무너진 성수대교를 바라보며 은희는 소리내어 울지 않는다. 오히려 무너진 다리 너머로 떠오르는 해를 바라본다.

은희의 삶은 행복하지 않다. 그렇다고 슬프지도 않다. 인생은 멀리서 보면 희극이고 가까이서 보면 비극이라는 말이 무색하게 은희의 인생은 멀리서 보면 비극이지만 가까이서 보면 시꺼먼 진흙 속에 반짝이는 진주가 숨어 있다. 우리 모두의 인생도 그렇다. 아무리 힘들고 슬퍼서 주저앉을 때도, 사람이 사람에게 상처입을 때도 우리는 알고 있다. 이 또한 지나가리라고. 사람 때문에 상처 입었지만 다시 사람

© 벌새, 2018. propa-ganda.co.kr

때문에 텅 빈 가슴 한 켠이 채워질 거라는 걸. 삶은 야속하고 힘들지만 결국 행복이 숨어 있다는 걸. 언젠가 내 삶도 빛이 날 거라는 걸.

우리는 모두 벌새다. 각자의 위치에서 각자의 최선을 다하고 있다. 1분에 90번의 날갯짓을 통해 벌새는 날아오른다. 우리들도 고통스러운 날갯짓 끝에 언젠가 행복을 찾을 수 있을 것이다. 아니, 이미 행복은 가까이에 아니면 내 주변에 아니면 내 안에 숨어 있다. 우리는 날아오르고 있다. 행복이라는 열매를 쪼아 먹고 날아오르는 벌새들이다. 힘들 때는 나뭇가지에 잠시 앉아 쉬어 가도 된다. 배가 고플 때는 열매를 찾아 이리저리 돌아다녀도 된다. 천천히, 우리가 할 수 있는 만큼 날아오르면 된다. 그 누구도 내가 느리게 난다고, 낮게 난다고 욕할 수는 없다. 오히려 욕하는 사람이 이상한 거지. 남에게 나를 맞추려고 안간힘을 쓰지 말자. 그들은 그들의 날갯짓을 하게 두고 나는 나만의 날갯짓으로 나만의 열매를 찾아 날아오르면 된다. 우리는 모두 행복해질 수 있는 한 마리 벌새다.

비욘드 드림즈

유럽 영화를 볼 날이 올 줄은 몰랐다. 여태껏 유럽 영화라고는 영국과 프랑스 영화만 봐오던 나는 대구에서 열리는 스웨덴 영화제를 우연히 알게 되었다. 한국-스웨덴 수교 60주년 기념으로 시내에 있는 작은 영화관에서 스웨덴 영화를 상영해 준다길래 호기심으로 무작정 향했다. 가진 거라곤 영화제 소개 팜플렛 한 장. 적당히 오후에 나가서 다음 타임에 상영하는 영화를 기다렸다.

내가 봤던 영화는 '비욘드 드림즈'. 주인공 미리야의 성장과 주변 인물들과의 갈등을 다루고 있는 잔잔하지만 후폭풍이 있었던 영화였다. 미리야는 절도 미수로 복역하고 나온 전과자다. 미리야가 출소하는 날, 집 앞 전당포를 털어 남미로 떠나자는 큰 포부를 친구들이 말해 준다. 미리야는 반복적인 일상에 지루해진 참이었기에 친구들의 제안을 승낙한다. 하지만 오랜 흡연으로 폐질환을 앓고 있던 어머니의 병세가 점점 악화됨을 알게 된 미리야는 어린 동생과 어머니를 부양하기 위해 아르바이트를 찾아다닌다. 미리야는 어느 고급 호텔 설거지 아르바이트를 시작하고, 호텔 사장은 미리야의 부지런함을 높이 평가하며 객실 정리를 맡긴다. 미리야는 호텔에서 20년 넘

게 일한 객실 정리의 달인이자 인생의 멘토를 만나게 된다. 멘토를
통해 미리야는 자신이 객실 정리에 일가견이 있다는 것, 범죄 외에
도 삶을 살아가는 방법, 목표를 가지고 살아가는 방법을 알게 된다.

　멘토를 만나 성장하기 전의 미리야는 엉망진창이었다. 술과 담배
없이는 하루를 보낼 수 없었고, 미리야의 어린 동생은 미리야와 그
친구들을 따라 담배를 피우고 술을 마셨다. 삶의 목적이라 할 것도
없었다. 전당포를 털어 한몫 두둑이 챙겨 이 지긋지긋한 동네를 떠나
겠다는 두루뭉술한 계획 외에는 아무것도 없었다. 하지만 스스로 아
르바이트를 찾고 더 나은 자신이 되기 위해 스스로 배우면서 미리야
는 변화했다. 어제보다 더 나은 내가 되자는 마음으로 일을 하다 보
니 삶에 목표 의식이 생기고 굳은 심지가 생겼다. 불의의 사고로 아

르바이트에서 쫓겨나게 된 날, 미리야는 주저앉아 멈추기보다는, 자신의 삶을 외면하기보다는, 아파트 옥상에 올라가 넓은 하늘을 우러러보고 다시 살아가자고 각오한다. 가시밭길인 삶을 다시 살아보자고. 남미로 떠난다는 건 곧 지금의 현실을 부정하고 네버랜드로 떠나겠다는 이야기와 같다. 삶에는 수많은 시련이 있고, 그 시련을 극복하면서 사람은 성장한다. 하지만 그 역경이 어렵다고, 견뎌 내기 싫다고, 너무 힘들다고 외면하고 도망치면 결국 제자리걸음하는 하루를 되풀이할 것이다. 그 과정은 고되고 힘든 게 당연하다. 주저앉고 싶고 멈추고 싶고 돌아가고 싶어질 수도 있다. 하지만 피땀 흘려 가며 달린 그 길의 끝에는 분명 달콤하고 시원한 열매가 기다리고 있을 것이다. 지금 힘들더라도 좀 더 나아질 내일을 상상하며 한 걸음 한 걸음 떼다 보면 분명 어제보다, 엊그제보다, 몇 주 전보다 성장한 자신을 발견할 수 있을 것이다.

　글을 쓰며 다시 영화 내용을 돌이켜 생각해 보았다. 내게는 재밌게, 인상 깊게 본 영화들을 다시 돌이켜 볼 수 있는 소중한 기회였다. 또한 이 글을 읽는 독자들에게는 새로운 영화를 볼 수 있는 기회를, 혹은 이 영화들에 얽힌 추억을 다시 생각해 보는 기회를 가졌기를 바란다. 이외에도 아름다운 행복에 대해 생각해 볼 영화들은 굉장히 많다. 2018년 기준 국내에서 감상 가능했던 (상영)영화는 대략 1,600편 정도이다. 그 중 우리가 쉽게 접할 수 있는 영화들은 주로 상업 영화이고, 독립·예술 영화는 쉽게 접할 방도가 부족하다. 대구 내에서 다양한 독립영화를 접하려면 시내의 CGV 대구나 독립극장인 오오극장을 찾아가는 수밖에 없는데, 이는 다른 영화들을 보는 것보다 배 가까이 힘들다. 하지만 독립영화들은 간혹 상업 영화보다 우리에게 더 깊은, 진한 울림을 줄 때가 있다. 나 또한 독립영화관들을 통해 행복과 인생의 가치에 대해 더 깊이 탐구하고 생각할 만한 기회를 가졌고, 이 글을 읽으시는 독자 여러분도 다양한 영화를 통해 다양한 시선을 가져보았으면 좋겠다. 다양한 시선은 곧 다양한 인생 목표를 세우는 것에 도움을 줄 수 있으니까.

편안하게 쉬고 싶은 주말, 혹은 혼자만의 조용한 시간을 가지고 싶은 어느 날. 앞서 소개한 다섯 편의 영화를 보는 건 어떨까?

나는 또 어떤 영화를 볼까 – 이번 주말이 기다려진다.

앞으로도
아름다울
바다

Enjoy Writing Books

김유민

김유민

○ **나이**: 15세(중2)

○ **장래 희망**: 향기를 다루는 조향사 또는 바리스타, 꽃을 다루는
플로리스트가 되고 싶습니다. :) 공통점은 모두 향기
로운 사람

○ **좋아하는 것**: 꽃, 친구들이랑 통화하기, 게임

○ **현재 인생에서 베팅한 한 가지**: 흠– 따로 없는 것 같다.

○ **소망하는 것**: 좀 더 평온하고 자유로운 행복한 삶

○ **좌우명**: 즐겁게 살자.

○ **나에게 행복이란**
나를 받쳐 주는 든든한 가족과 친구들이다.

프롤로그

와~~~~~~

바다를 향해 지르는 환호가 경쾌하게 퍼져 나간다.

힘들게 도착한 만큼 뿌듯하고 즐거웠기에.

쨍한 밝은 기운이 바다를 감쌌다.

해는 아름다운 잔상을 남기며 자신의 몸을 뽐낸다.

해가 쨍한 바다는 참 아름다웠다. 옅게 물결치는 푸른 파도,

저물어 가는 해의 붉은 잔상, 부드럽게 흩어지는 모래까지.

한때 함께 웃었던 사람들과 같이 이 풍경을 보고 있자니

내 마음속에 있던 파도가 부드럽게 내 마음을 훑고 지나간다.

"역시 오길 정말 잘한 것 같아."

깔깔깔 웃는 소리가 나더니 다 함께 웃는다.

"너희랑 함께여서 더 행복한 것 같아."

"아…… 우리 이런 사이 아니잖아. 왜 이래……."

이런 오글거리는 대화를 나눌 상대들은 아닌데…… 라고 생각하면서도 기쁜 마음이 드는 건 어쩔 수 없었다.

"나중엔 다른 곳도 같이 가고 싶어."

"비싼 몸이지만 기꺼이 같이 가 줄게."

픕.

작게 비웃음 섞인 소리가 나자 다 같이 웃음이 터졌다.

잊지 못할 여름이었다.

다신 오지 않을 중2의 여름. 나 김아민은 특별한 계획을 세웠다.

나에게는 나만 빼고 다 같은 중학교로 입학한 6학년 때 3명의 친구들과 추억을 쌓고자 하는 조그마한 소망이 있었다.

늘 대책이 없던 친구들이기에 한번 던져 볼 겸 단체 채팅방에 아무 말이나 해댔다. 타닥타닥하는 경쾌한 타자 소리는 언제든 내 기분을 설레게 했다.

"나랑 부산 갈 사람!"

별 의미 없이 던져 본 말. 그 작은 말 한마디가 우리에게 새로운 추억을 만든 시발점이었다.

"또 이거 자연스럽게 약속 취소된다에 내 손목 건다."

"헐. 진짜? 취소 안 되면 당신의 손목은 제 것입니다."

"너는 그걸 또 왜 좋아하고 앉았냐."

재각각의 반응. 별로 놀랍지도 않다. 손목을 건다는 이민준이나, 그걸 좋아하는 박주현이나, 유일하게 정상인 사람은 정세연밖에 없는 것 같다. 아, 물론 지금 상황에서만. 평소엔 다 이상한 사람들이다.

　뭐 세삼. 지금 이 상황에서 당장 가자고 갈 사람이 있겠나 싶었다. 그러나 우리 대단한 친구들을 무시하면 안 됐었다.

　"나 갈까? 이민준 손목 내꺼."

　"으휴, 변태 짜식."

　"아, 진짜 이 인간들 답 없네."

　나도 격하게 동의한다. 갑자기 자기 친구의 손목을 갖고 싶어서 부산을 가는 또라이가 있다? 난 그게 내 친구일 줄은 몰랐지. 조용히 친구들을 관전하다 이 대환장이 시작된 그 발언을 다시 한번 곱씹었다. 역시 이상한 중학생들이야.

　그리고 빠르게 타자를 쳤다.

　"와! 구경하는데 짱 재밌다!"

　"아니ㅋㅋㅋㅋㅋㅋ 진짜 부산 갈 거임?"

　"주현이가 니 손목을 그렇게 갖고 싶어 하는데 가야지 인마."

　"허허허ㅓ허ㅓㅓㅓ허허ㅓ허허."

　진짜 이게 무슨 일이지. 이 상황이 그저 웃겼다.

　"ㅋㅋㅋㅋㅋㅋㅋㅋ 부산 가고 싶어졌어. 이민준 네 덕이다."

　"와, 나 돌겠네."

　별로 동의하지 않던 세연이 부산에 가고 싶어졌다고 했다. 이 말의 뜻은 웬만하면 우리는 부산에 가게 될 거란 소리다.

　여러분, 아셨죠. 도박은 안 돼요.

"우리 그럼 언제 갈까?"

"아, 나도 가야 됨?"

"당연하지. 그걸 말이라고."

"앗. 약속 취소 안 됐네?"

"다시는 손목 걸지 않겠습니다. 라고 하면 너 손목은 살려드림."

"다시는 손목을 걸지 않겠습니다."

"ㅋㅋㅋㅋㅋㅋㅋㅋㅋㅋㅋㅋㅋㅋㅋ."

"ㅋㅋㅋㅋㅋㅋㅋㅌㅋㅌㅋㅋㅌㅋㅋ."

우리의 부산 여행 계획은 이렇게 터무니없이 너무나 신속하게 이루어졌다. 진짜 황당한 친구들이지만 그래도 나랑 맞으니까 계속 친구하고 있는 거겠지. 잠시 자아성찰의 시간을 가져 본 건 비밀로 하자.

우리의 계획은 당일치기였다. 그리고 아직은 어리니까 너무 늦게 다시 돌아오지 않도록 정했다. 토요일 아침 일찍 만나서 기차를 탄다. 그리고 비용은 알아서. 비용을 준비하지 않는 친구, 여행지에서 각자 행동하는 친구는 쿨~하게 놔두고 오기로 했다. 정말 얘들과 여행 한번 가기 힘들다.

이 과격한 인간들.

우리는 기차를 타고 부산에 가기로 했다. 다들 비슷한 곳에 살지만 다 같이 만나서 가는 건 번거로워서 개인적으로 기차역에 정해진 시간에 가 있기로 했다. 계획을 짜는 것은 번거로웠지만 나 아니면 아무도 계획을 짜지 않을 것 같아서 조금씩 계획을 세우니까 금방 끝났다.

"자식들…… 아무리 내가 가자고 했어도 나 혼자 계획을 짤 줄은 상상도 못했다."

"앗, 미안. 대신 맛있는 거 많이 사 줄게."

"헐, 어디 갈래? 계획 내가 마저 짤게. "

"어휴 자본이 낳은 괴물 자식."

장난스럽게 구시렁거리는 세연의 말을 들었지만 맞는 말이라 딱히 반박은 하지 않았다. 방글방글 웃으며 계획을 짜는데 벌써 설레었다.

친구들과 처음 가는 기차여행이라서 더욱더 즐거웠다. 유후~

"야, 그냥 해운대 갔다가 집 올래? 우리 체력 달려서 오래 못 돌아다니지 싶은데. 아마도?"

"그건 너무 기차비 아깝지 않니."

"너희 어차피 가서 걸으면 힘들다고 찡찡거리는 거 다 알아."

우린 서로를 너무 잘 알았다. 열심히 돌아다닐 사람은 이민준이랑 나밖에 없을 것 같아서 해운대 해수욕장에서 바다 구경하다가 맛있는 점심 챙겨 먹고 다시 집에 오는 걸 선택했다.

"듣고 보니 그럴 듯해. 우리 그냥 멋진 바다 구경하다 맛있는 거 먹고 돌아오자."

"이야. 우리 사치 엄청 부린다."

"한 번쯤은 이런 경험도 나쁘지 않을걸!"

이렇게 무턱대고 가게 된 여행은 처음이다. 참 단순한 사람들. . 가자고 한 나도, 가겠다고 한 3명도 참 대단했다.

용돈을 너무 펑펑 쓰는 건 아닌지 한편으로 걱정이 됐지만 뭐 이런 경험, 한 번쯤은 괜찮다고 본다.

"우리 진짜 대단하다. 이틀 만에 계획 다하고 갈 준비를 마쳤어.

오예~"

"허허. 이것 참 뿌듯하네요."

"아직 출발도 안 했는데 왜 벌써 힘든지 모르겠네."

"야, 너도?"

계획은 내가 다 짰다. 인간들…… 자기들은 뭘 했길래 힘든 걸까.

의문이 들었지만 그러려니 했다. 우리의 시간은 남들보다 빨리 갔다. 학교를 갔다가 기차표를 예매하고, 점심식사를 할 식당을 찾고, 갈아입을 옷도 챙겨야 했으니까.

"옷은 왜 챙기냐. 당일치기라며."

"왜일 것 같니 친구야^^"

"아…… 나 안 갈래."

"바닷물 차가울 것 같은데……."

친구들끼리 바다 하면 입수 아닐까? (아님)

나는 그걸 위해 지금까지 달려왔다. 안 가겠다고 삐기는 애, 수긍하는 애, 개기는 애까지 완벽한 하모니였다. 그렇게 불길한 논쟁을 펼치며 우리의 설레는 여행은 하루하루 다가왔다.

두근두근

두근두근

아침 공기가 참 상쾌했다.

나는 혹시 이 친구들이 늦잠을 잘까 봐 생존 신고를 하고 아직 일어나지 않은 친구의 집을 찾아갈 준비를 하며 폰을 꺼내 채팅을 슝슝 날렸다.

"굿모닝. 니들 일어났냐?"

다행히도 제일 걱정이던 정세연이 일어났다.

"늦게 일어나면 집 찾아가려고 했는데 다행이다!"

"아, 네가 그럴까 봐 일찍 일어났지."

이제야 우리가 여행을 간다는 게 실감이 났다. 갑자기 마음 한구석에서 불안함과 귀찮음이 몰려왔지만, 그것보다 기대가 더 컸다. 나는 버스를 타고 기차역으로 향했다.

약간 후끈한 열기. 이 정도면 바다에 가기 딱 적당하다고 느껴지는 기분 좋은 날씨다.

기차역 앞의 정류장에 정차한 후 제일 먼저 도착한 나는 만나기로 한 입구 앞에서 폰을 보며 친구들을 기다렸다.

한 5분을 기다렸을 즈음. 박주현과 이민준이 같이 버스에서 내렸다.

"이야. 박주현 키 진짜 많이 컸다."

"얘 아마 1 8 0 cm 넘을걸?"

"그렇게 밤에 안 자고 게임하고 폰 보는데 어떻게 저렇게 키가 잘 크는지 진짜."

"콩나물이겠지 뭐~"

오랜만에 만난 친구들은 키 빼고는 똑같았다. 갑자기 좀 그림체가 두꺼워진 기분이랄까...? 남자애들이라서 더 빨리 크는 건지, 부러운 유전자를 가진 건지는 잘 모르겠다.

"이야. 우리의 유망주 정세연 씨는 기대를 저버리시지 않네요. 혹시나 해서 기차 시간보다 1시간 넉넉하게 일찍 왔는데 진짜 늦어 버리는구나."

"오면 잔소리 해야지."

늘 나랑 정세연 둘 중 하나는 지각을 했다. 뭐 우리 둘이 약속을 잡으면 둘다 늦게 나오는 스타일이라서.

"야, 저기 정세연 왔다."

"지금 몇 시인지 아는 정세연 씨 구해요."

"아, 미안……."

이렇게 유쾌한 만남이 끝나고 우리는 얼른 표를 끊어서 대기실에서 좀 오랫동안 기다렸다가 기차를 탔다. 정세연의 옆에는 나, 앞에는 박주현, 이민준. 나름 만족스럽게 좌석을 잡았다. 우리는 박주현이 사온 젤리를 먹으며 부산으로 출발했다.

"아, 잠 와."

"나도. 노래 들으면서 자야지."

기차 특유의 탈칵 덜컥거리는 소리를 자장가 삼아 나는 잠이 들었다. 내 부산 여행은 긴장 탓에 피로함으로 시작됐다. 잠깐 잠든 줄 알았는데 놀랍게도 부산역에 도착했다.

"와, 나 잠깐 잠들었는데 도착했네. 어제 짐 싸서 힘들었나 봐."

"그러게, 누가 짐 보면 일주일은 가는 줄 알겠다. 아, 그런데 진짜 피곤하긴 하다야. 잠 온다."

우리가 출발한 시각은 9시쯤. 지금 10시를 넘어가고 있었다. 시간이 참 빨리 갔다. 부산역에서 나와서 택시를 잡았다.

"해운대 해수욕장으로 가 주세요."

약 30분이 걸렸다. 주말이라 거리에 사람도 많아 보였다. 친구들과 떠나는 첫 기차 여행!　막상 바다를 보자 피곤함이 싹 가셨다. 슬슬 바다가 보이기 시작했다.

"우와 바…… 다…… 다……!"

"헐~ 너무 이쁘잖아. 바다 진짜 오랜만에 온다."

역시 여름 주말의 해수욕장은 뜨겁고 붐볐다. 우리는 택시비를 서둘러 지불하고 신나는 마음으로 누가 먼저랄 것이 없이 바다 쪽으로 뛰어갔다.

신발 속으로 들어간 부드러운 모래가 기분을 좋게 만들었다.

갑자기 잠시 잊고 있었던 사실이 생각나서 친구들을 불렀다.

"자, 그래서 오늘의 하이라이트 입수는 누가?"

다들 눈치를 스윽 보더니 다 같이 가위바위보를 자연스럽게 했다. 나는 묵, 세연도 묵, 주형도 묵, 민준만 찌였다.

"야, 다리 잡아."

"으~아악~~~~ 미친."

"내가 팔 잡을게. 조심히 던져!"

그렇게 우리의 민준이는 바닷물을 먹게 되었습니다.

흠뻑 젖어서 다소 화가 나 보이는 이민준을 달래 주러 갔다.

"아, 미안." (속으로는 "짜샤~ 이것도 다 추억이야."라고 말했다.)

"나 수건 가져왔어!"

조용하던 이민준이 갑자기 씨익 웃으며 박주현을 끌고 바다로 들어갔다. 와, 그렇게 힘이 갑자기 나오다니…… 앞으로 쟤 앞에선 몸 사려야겠다.

상당히 억울하게 끌려가는 박주현과 눈이 마주쳤다.

상당한 죄책감이 들었다.

속마음으로 미안하다고 생각하며 우리는 친구들의 입수쇼를 구경했다. 왜인지 모르게 도망가야겠다는 생각이 들었다.

그 예감은 틀리지 않았다.

이렇게 으흐흐 거리며 무섭게 웃는 박주현의 모습은 처음 봤다. 결국 나도 속수무책으로 입수를 당했다.(?)

"와, 김아민 표정봐ㅋㅋㅋㅋㅋㅋㅋ."

"ㅋㅋㅋㅋㅋㅋㅋㅋ 야. 정세연 잡아."

"악- 살려 주세요."

결국 사이좋은 친구들은 다 같이 입수를 했다. 수건을 챙겨 오길 참 잘한 것 같았다. 모두들 바다 가면 혹시나 하는 생각에 수건을 챙겨 왔었다.

이 녀석들. 모두 입수를 기다리고 있었군.

가볍게 물을 닦고 해수욕장 샤워부스에서 옷을 입은 채 샤워를 한 후 화장실에서 옷을 갈아입었다.

"아, 끈적해. 씻어도 찝찝하네."

"바닷물이라서 그래. 집에 가서 비누로 빡빡 씻으렴."

입수 직후에 비해선 상당히 뽀송뽀송한 옷을 입고 나온 우리 넷은 다 같이 햇빛을 받으며 바다를 구경했다.

"아예 수영복을 가져올 걸 그랬나."

그냥 구경하는 것도 꽤 재미있었다. 부산에 재미있는 사람이 많은 건지 그냥 기분이 좋아서 재밌어 보이는 건지는 모르겠지만, 유쾌하게 노는 사람들을 보니 우리도 덩달아 기분이 좋아졌다.

"아. 힘들어. 집 가고 싶다. 침대에 눕고 싶어."

"진짜 이럴 줄 알았다 인간아!"

그리고 우린 입수 한번 했다고 기진맥진해졌다. 정말 부실한 중학생들이다.

유일하게 이민준만 쌩쌩했다.

"우리 뭐 먹지……."

"치킨 시켜 먹을까?"

고작 부산까지 와서 먹는다는 게 치킨인 게 웃겼지만 치킨은 언제나 옳으니까! 이제는 1인 1닭도 할 수 있는 중딩이니까.

엄청나게 많은 인파 속에서 치킨 배달 아저씨를 겨우 찾고, 또 겨우 배달받아 맛있게 먹고 나니 시간이 꽤 지나있었다. 오후 3시를 넘어가고 있었다.

"우리 기차가…… 몇 시더라."

"5시 30분."

"우리 1시간만 바다 더 보고 집 가자."

그렇게 우리는 시끌벅적 열기로 가득한 부산의 여름바다를 잠시 말없이 보았다. 무엇인가 말하지 않아도 통하는 듯한 시간이었다. 그리고 우리는 느긋하게 부산역까지 도착했다. 이렇게 바다만 보고 가려니 아쉽기도 했지만 좋기도 했다. 친구들도 기분 좋게 만났고 돌아갈 집은 언제나 우리의 안식처니까.

"우리 뭐 했다고 집 가냐."

"그러게. 기차 타고 택시 타고 입수하고 샤워하고 옷 갈아입고 치킨 먹고 구경하고."

"생각보다 뭐 많이 했네!"

"기준이 참 애매모호하다야."

돌아오는 기차에서의 몸은 아침보다 더 피곤한 느낌이다. 입수의 효과는 상당했다. 우리는 입을 모아 말했다. 참~ 이상하다고.

TV 프로그램에서는 엄청 잘하던데~ 말이다. 그렇지만 피곤하다는 우리들 모두가 입은 웃고 있었다는 것.

에피로그

우리는 기차역에서 헤어졌다.

9시에 만나서 7시쯤 헤어졌다. 여름이라 아직 해가 남아 있어 환했다. 짧다면 짧고 길다면 긴 시간

자주 만나지 못했기에 정말 반가웠고 너무나 좋은 추억이었다.

친구들과 함께 본 바다는 정말 아름다웠고
내 기억 속에 그 바다는 앞으로도 정말 아름다울 것이다.

오늘은
나의 중2 시절 가장 행복한 순간으로
기억할 수 있을 것 같다.
내년에도 이 행복한 추억을 이 친구들과 함께 만들고 싶다.
우리 매년 여행 가자 친구들아!

글을 마치며

　행복한 중2를 소재로 한 짧은 성장 소설을 써보고 싶었습니다.

　저 또한 이 글의 주인공처럼 친했던 친구들과 다른 중학교로 배정되어 간간이 SNS를 통해 연락을 주고받고 있습니다. 늘 한번 놀자, 여행 가 보자 하지만 실천이 쉽지 않았어요.

　이 글을 쓰면서 마치 제가 주인공인 듯, 친구들과 바다를 보러 가는 것을 상상했습니다. 상상만으로도 기뻤죠. 그리고 겨울 방학에는 정말 함께 모이기로 했습니다. 여자 친구들끼리 파자마 파티를 해 보기로 했어요. 벌써 설렙니다.

　여러분들도 이런 상상을 한번쯤은 하시리라고 생각합니다.
　친구들과 함께 하는 행복한 순간
　많이 만드시길 바랍니다.

부족한 글이지만 읽어 주셔서 감사합니다.
(읽으면서 웃음이 나는 글이었으면 합니다.)

행복하세요 ^^

증(症)

Enjoy Writing Books
이준현

이준현

이준현.
고산중학교 2학년.

　'나는 이런 사람이다' 하고 드러내는 일을 좋아하지는 않습니다. 하지만 상황이 상황인 만큼, 또 글이 글인 만큼 독자 분들에게 간략하게나마 제 소개를 하는 것이 예의인 것만 같아 한 말씀 올려 봅니다. 글쓰기, 더 일반적으로 창작은 제 오랜 취미입니다. 창작을 제 나름대로 정의내리자면 여러 의미를 뒤섞어 새로운 의미를 창조하는 일입니다. 그 과정에서는 성공도 있고, 의도대로 되지 않는 부산물들도 생기고, 실패작도 생기고, 사고도 일어나기 마련이죠. 하지만 그 모든 과정들을 고통 없이 바라볼 수 있다는 것이 창작이 취미라서 좋은 가장 큰 이유가 되겠습니다. 자신의 의도가 잘 이루어지지 않았을 때 설령 취미로 하는 일이어도 그것을 고통 없이 즐거운 마음으로 받아들일 수 있는 취미가 얼마나 될까요. 제 소설도 그런 과정에서 탄생한 것입니다. 어린애마냥 순수한 즐거움을 찾다 보니 그 결과물이 소설이 된 것이죠. 그리고 제 소설이 실패작일지, 의미 없는 부산물일지, 아니면 괜찮은 작품인지 평가하는 일은 여러분의 몫입니다.

사실 필력은 따라 주지 않는데 한꺼번에 너무 많은 의미를 담으려고 한 글이 아닌가 하는 걱정도 있습니다. 그리고 난해할 수도 있습니다. 하지만 감상자에게 창작물이 어떤 모습으로 전해지든, 그것을 달게 받는 것이 창작자의 도리이니, 어쩔 수 없는 노릇입니다. 제 작품을 읽어 주시는 독자님들에게 다시 한번 감사의 말씀 올립니다.

○ 나에게 행복이란
지금, 이 순간이다.

2019년. 열다섯의 이준현

나는 본디 운다는 것을 좋아하지 않는다

얼굴을 주름이 지도록 잔뜩 찌푸리고 목놓아 우는 큰 울음이나, 소리 없이 벌겋게 달아오른 눈시울에 눈물이 고여 시야를 깨어 놓는 울음이나 모두 아주 싫어한다. 울음이란 웃음이나 찡그림과 같이 감정을 표현하는 방법이라고는 하나, 나에게는 도무지 그런 것 같지가 않다. 울음은 감정의 표현보다는 찌꺼기의 배출이다. 그저 얼굴의 조잡한 근육들이 만들어 내는 움직임이, 인간의 마음속에서 여기저기 굴려지고 썩던 감정과 생각들을 배출해 내어 스스로 얼굴을 더럽히는 것이다. 행복에 겨워 눈물을 흘린다는 말도 나로서는 이해가 가지 않는다. 행복이란 감정과 생각의 긍정적인 극치로, 그런 것에서 찌꺼기처럼 배출하고 말 것이 어디 있단 말인가. 행복은 한참 굶은 배에 들어가는 아주 적은 양의 영양과 같다. 다 흡수해도 모자랄 판에 무엇을 배출한다는 말인가, 그에 비해 눈물은 이미 꽉 찬 위장에 억지로 밀어넣는 음식이다. 결국은 안에 들었던 것을 도로 게워내고 만다.

이런 생각이 든 건 몇 년 되었다. 생각이란 본디 몇 년이고 묵으면 썩기 마련인데, 내가 그 부패한 것들로 무슨 악취 나는 궤변을 끄집어내어 늘어놓을지 걱정이 된다, 하지만 나에게 말이란 어느 산에서 발원하여 흐르는 차가운 강과도 같다. 내가 막고 싶다고 막을 수 있는 것이 아니며, 한번 뱉고는 그 흐름에 떠내려간 것들을 바라만 볼 뿐 되가져올 수 없다. 그래서 나는 하고자 하는 말이 궤변일까 걱정하면서도 나의 이상한 생각의 발원지인 그 여름날의 이야기를 하고자 하는 것이다.

그것에 든 것들이 무엇일지 나는 모른다. 나의 정제되지 않은 언어들이 여러분에게 무엇을 보여 줄지 나는 모른다. 그것은 언어의 순기능을 무시한 전위적인 시각화일 수도 있고, 어느 깊은 곳으로부터 끌어올려진 감정의 토사물일 수도 있고, 여러분이 혐오해 마지않는 지루한 이야기일 수도 있다. 하지만 나는 분명히 나의 말이 무엇이 될지 전혀 모른다.

대구 어느 시골의 우리 집은 가게들이 줄지어 늘어선 대로에 딱 하나 있는 횡단보도를 건너면 있었다. 그곳에는 부모님과 어린 내가 살았는데, 나는 꼭 한 군데 붙어 있지를 못하고 이리저리 집 밖을 늘 돌아다녔다. 그중에서도 집 마당에 서면 활짝 열린 대문으로 내보이는 대로의 풍경을 나는 무척이나 좋아했다. 여러 가지 색으로 칠해진 간판들과 건물들이 오후의 하늘에 살짝 묻혀 보였다. 누군가 하늘을 잘게 부수어 모래 뿌리듯 건물들 위에 뿌려 놓은 것만 같았다. 대로에서는 항상 차들이 어지럽게 오갔다. 그런 대로변을 한참 바라보다 고개를 돌려 우리 집 마당을 바라보면 한없이 평화로웠다. 마당의 흙바닥은 여지없이 차분한 색이었고, 시골집의 모습도 조용한 분위기를 풍겼다. 나는 우리 집 대문 한 짝을 경계로 그렇게도 다른 세계를 살아왔던 것이다.

어린 나는 조용한 아이였다. 아주 내성적이라 누구를 만나도 말을 잘 붙이지 않았다. 집에 부모님의 손님이 오기라도 하면 그것만으로도 내 방에 조용히 틀어박혀 있기만 했다. 하지만 그런 덕에 혼자 생각을 많이 했다. 어린아이의 생각이란 그 깊이와 넓이를 알 수 없고, 어떤 것들이 담겨 있는지도 알 수 없으며, 그것이 무엇인지조차 불분명한 것이다. 그래서 그 생각이 때로는 어떤 궁극에 달하더라도, 그 사실을 우리는 알지 못하고 흘러가는 경우가 많다. 나는 혼자 생각하면서 그런 궁극에 도달해 보지는 못했지만, 생각이란 것의 즐거움을 나름대로는 깨우치고 있었다고 생각한다.

하지만 어린 나는 어딘가 이상한 구석이 있었다. 어둡다고 말하기에는 충분히 어둡지 않고, 우울하다고 말하기에는 전혀 슬프지 않았다. 나는 찡그린 표정이나 우울증 약으로는 설명될 수 없는 면을 가지고 있었다. 그 면은 어딘가 영악하고 음흉해 보이기도 하고, 한편으로는 너무나 순진하고 어리석어 보이기도 하였다. 하지만 그 모든 특징들이 애매했다. 모호한 개성들이 흐릿한 경계를 이루고 서로 붙어 있었다. 내 안에 그런 것이 있다는 사실이 어린 나는 불안했다. 이 불안감은 내 머릿속에 조용히 들어앉아 아무 말도 하지 않았지만, 가끔씩 이상한 일에 소름이 끼치도록 예민하게 반응하고는 했다. 그 불안증의 반응을 나는 평생 안고 살고 있으며, 지금까지도 그것이 불안증이 무엇인지, 어디에서 비롯된 것이지 확신하지 못하고 있다.

나는 그런 아이였다.

내가 항상 머릿속에 품고 사는 생각이 있었다. 스스로에게 끊임없이 질문하려고 노력했던 '행복이란'이다. 주위에서 하도 행복이라는 말을 많이 들어서인지 그것이 익숙했지만, 정작 나는 행복이 무엇인지 알지 못했다. 즐거움은 행복인가? 가끔씩 마당에 나가 신선한 공기를 쐬는 일, 생각하는 일 같은 것들은 즐거웠지만 그것이 행복이라고 말할 수 있을 것 같지는 않았다. 만족은 행복인가? 어린 나는 삶이 만족스러웠는지 어땠는지도 몰랐다. 내 머릿속에 떠오른 것들 중 무엇도 행복의 의미라고는 확신할 수 없었다.

확신할 수 없음은 행복인가?

차분한 나의 집에서는 일상도 아주 단조로웠다. 어머니는 그저 집 안에서 어머니가 필요하다 싶은 일들을 찾아 하셨고, 아버지는 내가 너무 어려 하는 일을 몰랐던 어느 회사로 출근하셨다. 아버지와 어머니는 싸우지 않았다. 목소리를 높이거나 흔한 말다툼 한 번도 오가지 않았다. 그렇다고 서로 아주 친밀한 것이라고는 할 수 없는 것이, 무슨 특별한 사랑과 애정을 서로에게 주는 것이 아니라 그냥 함께 지낼 뿐이었다. 하지만 그런 관계에 문제는 없었다. 원래 관계의 당사자가 그 관계에 무관심해지면 관계는 점차 퇴색되는 것이 당연한 일이다. 하지만 우리 부모님의 관계는 그렇지 않았다. 서로에게 무관심한 그 관계는 기이하게도 잘 굴러갔다. 그리고 가끔 부모님은 어리둥절하게 쳐다보는 나에게 그것이 당연하다는 표정을 지어 보였다.

그에 따라 내 일상도 상당히 가벼워졌다. 세 끼의 식사와 곧 입학할 초등학교를 대비해 설렁설렁하는 공부와 밖으로 돌아다니는 일 외에는 할 것이 없었기 때문이다. 부모님은 나와 놀아 주지 않았다. 물론 나도 부모님에게 놀아 달라고 하지 않았다.

그러던 어느 날 어머니가 아버지더러 말하는 소리를 들었다. 그 말의 내용은 잘 기억나지 않지만 아마 내 초등학교 어쩌고 하는 말을 들었던 것 같기도 하다. 나를 본 부모님은 나에게 함박웃음을 지어 보였다. 하지만 그날 아버지와 어머니가 나에게 지어 보인 미소는 어딘지 모르게 불편해 보였다. 그들은 자신들의 사랑하는 자식에게 기쁜 소식을 알리고 있음에도 기쁘다 할 수 없는 어색한 미소를 지어 보이고 있었던 것이다.

나는 아직도 그 미소의 의미를 이해하지 못했다. 어린 나로서는 그 미소가 얼마간 진실해 보였던 것일까. 아니면 그저 나의 소위 '이상한

면'이 발현되어 이상한 반응을 보인 것일까? 나는 확신할 수 없는 것들이 너무 많다. 그리고 확신할 수 없다는 일은 참으로 무서운 일이다.

마당으로 나갔다. 대문 밖에 노을이 지고 있었다. 주황빛으로 물든 거리마다 사람들이 걸어 다녔다.

그 풍경은 참 화했다. 정열적인 색으로 빛나는 하늘 아래에서 움직이는 사람들은 유리처럼 창백했다. 나는 그때는 그것을 이해하지 못했다. 나야 하늘이 맑은 날에는 밝고 흐린 날에는 괜스레 우울해지는 등 그날그날 날씨 같은 환경에 따라 기분이 좌우되고는 했다. 하지만 그들은 데워진 노을 아래서도 창백한 몸을 이끌고 터벅터벅 걸어 다니기만 했다. 하지만 지금 돌이켜 보면 그들의 기분은 하루하루 지는 노을에, 노을이 지면 뜨거워지는 하늘과 매일의 가혹한 담금질의 대상에 지나지 않았으리라 생각된다. 그것이 내가 배운 것이다.

어린 나는 많은 것을 배웠지만 이해하지는 못했던 것 같다. 대문 밖으로 보이는 풍경의 조각에도 적절한 비유를 떠올리지 못했기 때문이다. 물론, 이는 다 커버린 나의 시각이다. 그러니 어린 내가 실제로 내 주변의 것들을 얼마나 이해하고 있었는지는 모르는 일이다.

나는 여전히 어린 아이였고, 일상은 똑같은 일련의 행위들의 반복에 지나지 않았지만, 나의 시간은 계속해서 흘러갔다. 나는 어느 날 밤에 잠자리에 누웠다가 잠이 오지 않아서 뒤척거렸다. 침대에서 이리저리 몸을 돌려 편안한 자세를 찾으려고 해 보았지만 소용없었다. 잠이 들기에는 이미 틀린 것 같아 나는 밖으로 나왔다. 바람을 쐬러, 잠을 다시 불러들이러 나온 것은 아니었다. 그저 오지 않는 잠이 나를 밖으로 이끌었을 뿐이다. 마루에서 신을 신고는 마당으로 내려왔다. 바깥은 어둠이 짙게 내려 있었다. 밖이 너무 어두워 나는 내 마당에서 방향감을 잠시 잃었는데, 내 눈이 암순응의 과정을 거쳐 어둠을 긁어내고 시야를 조금이나마 확보할 때까지 나는 마당에 가만히 서 있었다. 서 있는 동안 어둠은 어색하게 내 주위에 머물렀다.

잠시 후 시야가 트이자, 마당의 오래된 평상과 플라스틱 의자 몇 개가 눈에 보였다. 나는 무심코 대문 밖으로 고개를 돌렸다. 조용한 대문 밖에는 아무것도 보이지 않았다. 내가 자주 바라보던 초저녁의 화려함은 전혀 없었고, 가로등 하나 없는 거리가 무엇인가에 삼켜진 듯 보이지 않았다. 소리도 전혀 들려오지 않았다. 낮에는 으레 들리는 사람들의 말소리와 걸음 소리도 들리지 않았다. 나는 대문 쪽으로 다가갔다. 하지만 몇 걸음 못 가 물러나야 했다.

무서웠다.

어둠은 무섭지 않았지만, 아무것도 보이지 않고, 아무 소리도 들리지 않아 느낄 수 없는 세계가 나는 무서웠다. 그리고 대문 너머에는 거대한 부재(不在)가 있었다. 나는 느낄 수 없는 비(非)존재가 나의 시선을 받으며 서 있었다. 나는 원인을 알 수 없이 겁에 질려, 몸을 떨며 고개를 돌렸다.

하지만 내가 고개를 돌린 곳에도 새로운 부재가 있었다. 분명 조금 전 봤던 집 마당의 풍경인데도, 대문 밖의 그것과는 다른 이상한 부재가 그곳에 있었다. 나는 분명 고개를 돌렸으나 대문 밖의 풍경과는 그 외형밖에 같을 것이 없는, 무서운 풍경이 왜곡의 골짜기를 지나치고 있었다. 나는 움직일 수 없었다. 그리고 나는 아침까지 집 마당에 그렇게 서 있었다. 기이한 부재를 직면한 순간이 너무 강렬하여 그 이후의 기억은 너무도 흐릿하다. 나는 그냥 마당에 얼어붙은 채로 그렇게 서 있었다.

그날 이후 나는 병에 걸렸다. 부모님은 아침에 마당에 서 있는 나를 보고는 깜짝 놀랐고, 놀라움과 두려움으로 가득 찬 나의 표정을 보고는 병원에 뛰어가셨다. 그때의 기억은 떠올리기에 너무 어지럽다, 부모님은 나를 걷게 하려고 했다. 내가 비척거리자 아버지가 나를 업었다. 나는 어떤 건물에 들어가서 입안에 무엇인가 넣었다. 그것을 귀 안에도 넣었다. 나는 하얀 가운을 입은 남자가 뭐라고 이상한 단어들을 지껄이는 것을 들었다. 부모님은 내가 마음의 병에 걸렸다고 했다.

나는 이해할 수가 없었다. 부모님은 우셨다. 부모님은 내일도 우셨다. 부모님은 어제도 우셨다. 사실 부모님은 내가 그 건물에 들어온 이후부터 매일 우셨다. 나는 부모님이 울지 않게 집에 가고 싶었지만 소용없을 것 같아 입을 다물었다, 나는 입을 꾹 다물기로 했다. 그러자 부모님은 나를 말하게 하려고 했다. 하지만 나는 말하지 않았다. 부모님은 더 크게 우셨다, 나는 울지 않았다. 그리고 부모님은 나를 걷게 하려고 했다.

물론 이것은 우리 부모님이 그렇게 말씀하셨던 마음의 병 따위가 아니다. 이 병은 의사가 복잡한 용어를 써 가며 설명한 병으로, 우리가 흔히 미쳤다고 부르는 증상이다. 하지만 이것은 내 생각으로 병이라기보다는 이상하게 변형된 인간의 일부에 가깝다. 그래서 광증을 갖지 않는 사람은 없다. 그렇기에 나는 내가 환자라고 생각하지 않았다. 나는 지금도 그런 나의 일부에서 벗어날 수가 없고, 그것이 내가 아직도 어릴 때 들어왔던 이 건물에서 나가지 못하는 이유이기도 하다. 아아, 나의 이야기는 역시 이곳저곳으로 새게 된다. 인내심을 가지고 있는 여러분에게 말하기 부끄러울 정도로 나의 말은 두서도 기승전결도 없는 것이다, 그날의 이야기를 할 때면 나는 조금씩 이성을 잃는다. 하지만 여러분은 내 이야기를 듣고 싶어 한다. 여러분은 지치지 않는다. 나의 일부를 기꺼이 여러분 스스로와 나누려고 하는 것이다. 여러분은 나의 이야기를 고대하고 있다. 그래, 여러분은 나의 이야기를 듣고 싶어 한다.

그날 이후로 나는 이 건물에서 쭉 살아왔다. 이곳에서 사는 일은 너무도 심심했기에 나는 곧 놀이의 필요성을 느끼게 되었다. 어린 나는 단어는 아니어도 짤막한 어절들만으로는 설명할 수 없는 복잡한 존재였지만, 병원에 온 이후 나의 삶은 그렇지 않았다. 약과 잠이 삶의 전부였다. 수없이 삼켜 그 특유의 냄새와 나의 목 넘김이 기억하는 약들과, 하얀 침대에 누워 하얀 이불을 덮고 검은 세계로 흘러가는 의식의 단편들이 나의 삶 그 자체였다.

하지만 나는 곧 새로운 것을 발견했다. 그것은 놀이였으며, 나의 새로운 일부기도 했다.

이 건물에는 병원 도서관이라고 하는 곳이 있다. 나는 그곳에 처음 가 보고서야 내가 온 것이 병원임을 알았다. 나는 병원이 무엇인지 알았지만 내가 이곳에 올 때 너무도 정신이 없었기에 내가 병원에 왔다고는 생각하지 않았다. 지금도 종종 이곳 이름이 생각나지 않아 건물이라고 부르기도 한다. 사물을 본연의 이름으로 불러 준다는 것은 아름다운 일이다. 부재가 없는 세상보다 더 아름다운 일인 것이다. 나는 가끔 부재라는 것이 없다면 세상은 어떻게 되는가 나는 어떻게 되었을까 하고 생각해 본다. 하지만 부재가 없다는 것은 곧 부재의 부재요, 이는 내가 너무도 두려워하는 개념들 속 이중으로 엇갈린 가혹한 폭력의 축에 지나지 않는다. 그래서 내가 그것에 대해 생각하려고만 하면 그것은 기이한 회전을 반복하며 불안한 호흡처럼 진동을 만들어 내어, 내가 품은 태곳적의 공포와 공명해 오는 것이다. 그래서 나는 생각해 보지만 결론을 얻지 못한다. 나는 두려움을 알기에 결론을 손에 쥘 수 없다.

병원 도서관에는 책들이 있다. 그중 상당수의 책들을 읽는 것을 놀이 삼아 병원에서 지내왔다. 어린 나는 많은 것을 알지 못했고, 이해할 수 없었고, 또 확신할 수 없었지만, 책을 통해 이러한 나는 점점 변했다.

이제 나는 많은 것들을 알고 있다. 내가 두려움을 안다고 여러분에게 말을 해 주었다. 나는 그 외에도 아는 것이 많다. 가령 고래는 물속에 살고 물고기와 비슷하게 생겼으나 포유류이고, 지느러미가 만드는 물의 파동은 일정한 진동수를 가지고 있으며, 진동수는 주기와 역수 관계이고, 주기는 왕복운동이 이루어지는 데 걸리는 시간을 말하며, 왕복운동이라 하면 우리 몸 관절에서도 찾아볼 수 있으며, 우리 몸 관절에는 늘 누군가가 우리 내면을 바라보고 있고, 우리 내면은 그런 응시를 견뎌 낼 힘이 없고, 그렇기에 우리는 아픈 것이고, 그것을 모르는 것이며, 그것을 모른다는 사실조차 모르며, 불온한 생각들은 공기 속에서 무작위로 불타고, 물병에 담긴 빛은 언제나 허공을 날기 전 뒤틀려 떨어지는 것이고, 백열등의 잔상은 요조 오바가 취할 수 있는 유일한 섭식의 대상인 것이고, 달에서 죽은 코끼리는 우리가 끝까지 믿어왔던 신인 것이며, 시인은 울지 않는 날이 없고, 날 것을 먹으면 안 된다는 것 등등. 책은 실로 나에게 많은 것을 가져다주었다. 그 덕에 나는 무엇인가 아는 사람이 되었고, 여러분에게 내가 아는 그 무엇인가를 알려 줄 수도 있게 되었다.

어릴 때 읽던 짧은 동화책들과는 다른 느낌을 이곳의 책들은 가지고 있었다. 그것들은 내가 어린 시절로부터 이곳에 격리되는 동안 결핍되었던 지식들을 제공했고, 아름다운 언어로 나에게 독특한 지적 흥분과 성취감을 알려 주기도 했다. 책들 모두가 서로와 구별되는 듯 잘 구별되지 않았다. 문자와 그림들이 서로 뒤엉킨 덩어리처럼 느껴졌다. 무엇인가 원대한 지식을 습득하고 있다는 느낌도 들었다.

마르크스의 〈 자본론 〉은 숲 냄새가 난다.

단테의 〈 신곡 〉은 어딘가로 가 버렸다.

괴테의 〈 파우스트 〉는 그 둘을 모두 가지고 있다.

카뮈의 〈 이방인 〉은 현악기를 연주한다.

그라스의 〈 양철북 〉은 어린 기억을 추행한다.

톨스토이의 〈 전쟁과 평화 〉는 수없이 많다.

골딩의 〈 파리대왕 〉은 복종하기를 거부한다.

오사무의 〈 인간 실격 〉은 네 개의 눈을 가지고 있다.

마키아벨리의 〈 군주론 〉은 달콤한 꿈을 끌어오고 있다.

이상의 〈 날개 〉는 신비로운 그랑기뇰이다.

카이사르의 〈 갈리아 전쟁기 〉는 끊임없이 울먹인다.

보니것의 〈 제 5도살장 〉이 뒤를 돌아볼 수 없게 만든다.

이런 것들이 진정으로 나의 일부가 되는 것이다. 읽고 느끼는 것은 쉬운 일이다. 하지만 나는 여전히 이런 것들의 결론을 알지 못한다. 결론이란 내가 하는 모든 것들의 의미가 귀결되는 총체인 것으로, 나는 스스로에게 그것을 끊임없이 묻곤 한다: 내가 얻은 것들은 어디로 가는가? 나의 습득이 가지는 의미는 무엇인가? 나는 부재가 왜 그렇게도 두려운가? 그리고 내가 어릴 적부터 물어왔던, 행복은 무엇인가? 하지만 스스로에게 질문하면 할수록 머리가 아파지고, 그래도 내가 생각을 멈추지 않으면 부재가 나를 다시 찾아와 겁을 준다. 부재는 나의 생각 속에 숨어 있다 불쑥불쑥 무작위적인 개념의 모습으로 나타난다. 나의 생각이란 필히 부재로 귀결되고 만다. 내 생각의 어느 지점에서부터 그렇게 되는 것인지 나는 알지 못한다. 늘었다 줄었다 하는 나의 일부인 광증과 함께 내가 얻은 것들이 나의 일부가 되어 점점 커진다. 하지만 그 커진 일부는 곪은 환부와도 같은 것이어서, 배출구 없이 나의 살 안에서 부풀어 오르기만 하는 것이다.

어제였던가, 그저께였던가, 나는 내 병실에서 잠을 자다가 일어났다. 병실 불은 모두 꺼진 밤중이었고, 창밖도 어두컴컴했다. 나는 아무 생각 없이 다시 잠을 청했다. 그날 아침은 부모님이 나를 보러 오기로 한 날이기도 했다. 다시 눈을 감은 나는 살짝 불안해졌다. 눈앞의 어둠이 내가 보지 못하는 내 머릿속의 어둠을 은유했다. 어둠이 흘리듯 은유한 의미를 나는 주워들고 살펴보았다. 나는 이제는 단절된 어린 날의 기억이 떠올라 더럭 겁이 났다. 부재는 항상 내가 보지 못하는 곳에, 내 시야가 없는 곳에, 내 시야의 부재 속에, 부재는 부재 속에, 우리들의 관절 위에, 동물농장 위에, 불타는 현악기 속에, 전구로 만든 눈꺼풀 밑에, 돌과 물이 든 통 안에, 권리 위에, 고무 늪지 바닥에 숨어 있었다. 내가 알지 못하는 공포가 투영된 나의 정신 한구석에 몸을 웅크리다 갑자기 불쑥불쑥 나의 희미한 기억을 타고 모습을 드러내는 것이었다.

나는 결국 그날 아침 나를 보러 온 부모님과 면회실에서 만날 때까지 굳어 있어야 했다. 나는 어두운 표정으로 부모님 앞에 섰다. 간호사들이 부모님 옆에서 면회 시간과 규칙을 설명했다. 하지만 어쩌면 여행 계획이었을 수도 있다. 마약 제조법이었을 수도 있다. 슬픈 노래였을 수도 있다. 아름다운 노래였을 수도 있다. 장엄한 서사시였을 수도 있다. 간호사가 떠난 뒤 나는 부모님을 마주 보고 탁자에 앉았다.

부모님은 여전히 떨리는 목소리로 나에게 인사를 건넸다. 나는 부모님을 마주보고 앉아 묵묵히 인사를 듣고 있었다. 어머니는 내 손을 잡았다. 나는 가만히 있었다. 어머니는 또 슬픈 목소리로 뭐라고 말씀하셨다. 나는 고개를 끄덕거렸다. 아버지가 낮은 목소리로 나를 똑바로 바라보며 말씀하셨다. 그러자 나는 울었다. 부모님이 놀라며 나를 안았다. 나는 더 크게 울었다. 그리고 나는 그때 내가 우는 것을 좋아하지 않는다는 것을 깨달았다. 우는 것이란 얼마나 불순한 것이던가.

그때 아까 떠난 간호사들이 사람 한 명을 붙잡고 뛰어들어왔다. 그는 마구 몸부림치고 있었다. 구속된 동작들이 그에게서 흩뿌려지듯 일어났다. 그는 마구 펄쩍거리며 고함을 지르고 간호사들을 뿌리치려 했다. 면회실의 사람들이 웅성거리며 자리를 피했다. 나는 그때 그의 표정을 볼 수 있었다. 눈을 치켜뜨고 입을 크게 벌리고 있는 이상한 표정이었지만, 그 표정 뒤에는 광기와 뒤섞인 아주 강렬한 환희가 깃들어 있었다. 내 기분도 이상했다. 기쁨과 환희로 가득 찬 표정을 하고 남자는 계속해서 마구 몸부림을 쳤다. 나는 그때서야 행복이 무엇인지 이해할 수 있었다.

목 뒤쪽이 뜨겁게 달아오르는 듯했다. 몸 전체에 화한 기운이 퍼져가는 것을 느꼈다. 그것은 놀람이나 불안에서 찾아볼 수 있는 느낌이었지만, 행복이 무엇인지 깨달은 나는 그런 화한 느낌을 강하게 받았

111

다. 내 머릿속을 대문 밖의 풍경이, 어린 시절의 환영이 뚫고 지나갔다.

　　그리고 나는 자동적으로 움직이기 시작했다. 나는 그 남자의 표정과 몸짓을 좇으면서 그것을 서서히 따라 해 보았다. 알 수 없는 기쁨이 몸 안에 가득 차올랐다. 이것이 행복이었다. 행복을 보고 이해하면 그것을 모방할 수 있다. 그 후 나는 한참 동안이나 행복을 체험했다. 자유로운 행복. 그러면서 행복을 모방하면 진정으로 그것을 느낄 수도 있었다. 그것으로부터 나온 극적인 황홀경이 몸을 감싸자 나는 울기 시작했다. 나는 우는 것을 싫어했지만, 행복은 원래 그렇게 이상한 것이었는지 내가 싫어하는 일을 하도록 나 자신을 부추겼다. 그래서 나는 계속 울었다. 울면서도 펄쩍거리는 남자의 표정을 따라했다. 나의 머릿속에 익숙한 풍경이 떠올랐다. 머릿속을 매섭게 뚫고 지나가며 상흔만을 남긴 풍경이 다시 뇌리를 파고들었다. 대문 밖의 익숙한 노을, 난폭한 담금질의 울림을 내포하는 발소리, 환하게 아름다운 색감이 머릿속을 가득 메웠다.

고래. 포유류.

지느러미. 상사 기관.

카이사르. 로마의 황제.

삶. 의미의 얽힘.

창의력. 날카로운 소리.

가위. 울지 않겠다고 다짐하는 아이.

팜팔론. 기쁨을 아는 사람.

가위. 최후의 청소.

직립원인. 영리한 남자.

눈을 밟는 까마귀. 등산을 마친 후의 기억.

베끼고 있는 사람. 베끼고 있는 사람.

책. 의미를 찾기 위해 헤매는 사람.

물어뜯는 욕망. 아픈 상처,

가위. 우는 아이.

베개에 묻은 얼룩. 총천연색.

단어의 나열이 갖는 의미. 해석에 위태롭게 매달린 무언가.

혁신. De rigueur,

가위. 조용한 아이.

행복. 진위의 부재.

맛있는
행복일기

Enjoy Writing Books

박시현

박시현

저는 고산중학교 2학년 박시현입니다.

평소 책 읽는 것도 좋아하지만 친구들과 맛있는 것을 먹는 것을 가장 좋아하는 굉장히 평범한 소녀입니다. 2학년 때 들어간 도서부에서 책 쓰기 활동을 하여 이 글을 쓰게 되었습니다. 책은 제법 읽지만 막상 글쓰기는 별로 좋아하지 않았는데, 행복을 주제로 이 글을 쓸 때 행복했던 기억들을 떠올리면서 재미있었습니다. 부족하고 짧은 글이지만 저의 열다섯 살을 추억할 수 있는 작은 기회가 되었으면 좋겠습니다.

○ **버킷리스트**: 스카이다이빙 해 보기, 혼자 해외여행 가기, 애완견 키우기 등등. 많습니다.

○ **장래 희망**: 공연 기획자 (1학년 때 뮤지컬을 보고 가지게 됨)

○ **좌우명**: 무슨 일이든 긍정적으로 생각하기

○ **나에게 행복이란**
   단순함이다.

프롤로그

행복.

행복이 무엇일까 생각하다 보니

나는 먹을 때 제일 행복한 것 같다. 그래서 내가 좋아하는 것들을 먹을 때면 늘 사진을 찍어둔다.

그래서 가끔 휴대폰을 보며 다시 행복에 빠지고는 한다. 이번 우리 동아리의 글쓰기 주제는 행복이다. 부끄럽지만 내가 행복한 순간은 먹을 때니 음식을 주제로 하기로 했다. 나의 휴대폰 속 사진, 그리고 지난 며칠간 내가 행복하게 먹을 것들을 정리해 보았다. 한 30년쯤 지나서 보면 웃길 것 같기도 하다. 아니, 저 때 쟤가 저런 걸 좋아했었나? 그리고 정말 중딩스러운 입맛이라고 생각할 수도 있다. 그렇지만 지금 지금 순간 행복한 건 이것들이니까.

여러분들도 맛있는 음식을 보면 기분이 좋아지지 않을까.

행복은 어디서나 찾을 수 있다. 친구들과 먹은 달콤한 간식 하나에도 사소한 것에도 감사하게 생각하는 마음을 가지도록 노력해겠다고 늘 생각한다.

그리고 이 글을 읽는 소수의 친구들도 사진을 보며 조금 행복해졌으면 좋겠다.

※ 이 글에 나오는 음식(상호면)은 초성으로 처리했습니다. 정보 보호와 함께 여러분들이 추리해 보시면서 읽으시는 즐거움을 느껴 보시도록 위해서입니다.

ㅊㄹㅇㅇㄷ(편의점 ㅆㅇ)

아- 여름

너무 더워서 힘든 하루였다.

그렇지만 나의 비타민은 바로 체리에이드.

학교를 마치고 바로 학원가는 길에 친구들과 고운 빛깔로 짠~ 하며 마셨던 상큼에이드는 기운을 퐁퐁 샘솟게 해 주었다.

오늘은 체리에이드 덕분에 다시 기분이 좋아졌다. 곧 있으면 시험이니 열심히 공부해야지! 내일도 행복한 마음으로 하루를 보내야겠다. 덥고 짜증나는 날일지라도 이런 사소한 것 덕분에 행복하다.

ㄸㅂㅇ(ㅁㅋㅃㄹㅌ)

스트레스를 받거나 짜증나는 날에는 떡볶이를 먹으면 기분이 좋아진다. 매운 떡볶이를 먹으면 속이 뻥 뚫리면서 내 슬픈 기분도 어느 정도는 해소되며 함께 나가는 것 같기 때문이다. 이렇게 떡볶이처럼 슬프고 짜증날 때 나를 기쁘게 하고 행복하게 해 주는 무언가가 있다는 것은 다행이다. 그러니 오늘 너무 힘들다, 짜증난다, 슬프다 그렇더라도 내가 좋아하는 것들을 하나씩 떠올려보자. 그럼 내 기분이 한층 더 나아질 수 있지 않을까?? 나는 이제부터 다 못한다고만 생각하지 않아야겠다. 난 지금부터 내가 좋아하는 게 뭔지, 잘하는 게 뭔지 곰곰이 생각해 보아야겠다. 누구든 잘하는 게 하나쯤은 있지 않을까?

(번외로_나는 떡볶이를 제법 잘 만든다.)

ㅂㅂㅌ(ㅇㅁㅅㅂ)

내가 가장 좋아하고 가장 믿을 수 있는 친구들이 내 옆에 있다는 것은 행복한 일이다. 그리고 이 친구들과 ㅇㅁㅅㅂ과 같은 곳에서 맛있는 음식들을 함께 먹는 것은 더욱 더 행복한 일이다. 내가 슬플 때 나를 위로해 주고 같이 슬퍼해 주고 내가 기쁠 때 같이 기뻐해 주는 친구들은 내가 하루를 행복하게 살아갈 수 있는 이유 중 하나이다.

오늘은 주말. 한가로이 늦잠을 자고 내가 가장 좋아하는 친구들이랑 재미있게 놀았다. 힘든 일, 짜증나는 일 있어도 내 옆에는 가족, 친구들, 나를 믿어 주는 사람이 있다는 걸 기억할 것이다. 누구든 한 명이라도 나를 믿어 주는 사람은 있으니깐 너무 힘들어하지 않기를!

친구들과 함께 짠~ 하는 순간을 남겨 본다.

ㅆㄱㅅ (어디든 다 좋음)

전일제는 재미있다.

도서부라서 책과 관련된 활동을 해서 책과 관련된 여러 가지 흥미롭고 새로운 것들을 많이 배울 수 있다. (사실 전일제 때 친구랑 밥 먹고 노는 자유시간이 제일 좋긴 하지만) 다른 동아리에 비해서 알찬 프로그램이 많이 진행된다. 그리고 선생님의 전달이나 활동 중에 여러 책 제목이 나와서, 읽지 않아도 뭔가 조금 더 유식해져서 가는 기분이 든다.

제일 기쁜 건 학교에 가서 수업을 듣지 않았다는 것이다.
그리고 정상으로 맛있는 이 걸 먹었다는 것!

ㅍㅅㅌ & ㅍㅈ (ㄹㄹㅋㅅㅌ)

나에게 시험 끝난 날은 세상에서 제일 기쁜 날 중 하나이다.
다른 친구들도 아마 다 그렇겠지?

시험 기간 때문에 제대로 못 봤던 웹 드라마를 정주행하고(비록 시험기간에 24시간 내내 공부만 하는 건 아니지만 마음이 불안해서 편하게 볼 수가 없다. 이것은 모든 학생의 마음.) 가고 싶었던 곳에 놀러 가고 책도 보고 수다도 떨고 어쨌든 많이 놀 수 있다. 그런데 중간고사가 끝나면 또 기말고사다.

사실 글을 쓰고 있는 지금 이 순간도 곧 기말고사. 슬프지만 이번 기말고사는 남은 기간 계획도 더 잘 짜서 더 열심히 해야겠다. 그래서! 목표를 달성할 것이다.

시험 잘 치고 또 여기 가야지~ 룰룰루

ㅂㅅ(ㅅㅂ)

이 메뉴는 늘 나를 실망시키지 않는다. 더위에 취약한 나는 여름에 이곳이 있어서 행복하다. 체인점인 이곳이 우리 집에서 아주 가까이 있어서 다행이라고 여름마다 생각한다. 안 먹어 본 메뉴를 다 먹어 보는 게 내 버킷리스트 중 하나이다. 지금 사진을 보는 순간에도 먹고 싶다! 친구들과 무더운 여름에 함께 먹는 빙수는 정말 최고인 것 같다! 교회에서 예배가 끝나고 친구들과 빙수를 먹었는데 아주 잠깐이었지만 덕분에 행복했다. 참고로 나는 오레오초코몬스터를 여러분께 추천한다.

ㅂㅂㅌ(ㄱㅊ)

너무 맛있지만 비싼 곳. 시원하게 한잔 마시면 정말 행복하다. 늘 먹던 블랙 밀크티 말고 다른 메뉴를 도전해 보았다. 초코스무디가 너무 달아 다 못 먹은 적이 있지만 다른 메뉴는 다 좋다.

ㅇㅇㅅㅋㄹ (ㅂㅅㅋㄹㅂㅅ)

오늘은 31가지 즐거움을 느낄 수 있는 아이스크림 집에 갔다. 이곳을 싫어하는 중딩이 있을까. 이달의 새로운 맛이 있다고 해서 블랙 소르베를 먹었는데 신기하게도 까만색인데 레몬에이드 맛이었다.

평소 신 레모네이드를 개인적으로 별로 좋아하지 않는 나라서 내 입맛에는 맛이 없었기에 잘못된 선택이었다는 결론. 그렇지만 아이스크림 가격을 생각하며 꾸역꾸역 먹었다. (내가 아이스크림이나 시원한 음료를 좋아하지만, 이 모든 것들은 용돈을 아끼고 아껴 먹는 것이므로) 그리고 다음에는 꼭 이거 안 먹어야지 라고 생각했다. 그래서 지금은 엄마는 외계인만 먹는다. 아이스크림 이름이 좀 이상하긴 하지만 내 기준에는 베스트이다.

다시금 강조하지만 엄마는 외계인은 맛있다. 여러분들도 절대 실망시키지 않을 것이다.

ㅋㄹㅁㅍㅋ (ㅇㅎㄱ)

엄청 추운 날에 친구랑 영화를 보러 갔다. 호두까기 인형 4D로 봤는데 입장을 하니 다들 진지한 표정으로 화면을 응시하며 관람 준비를 하고 있었다. 아니, 왜 이렇게 팝콘을 들고 있는 사람이 없지? 영화관에서는 1인 1통 팝콘도 할 수 있는데 말이다. 사각사각 조심조심 팝콘을 먹으며 우리는 영화를 봤고, 주인공 맥켄지 포이와 눈이 오는 배경이 너무 예뻤다. 그리고 무엇보다 우리가 선택한 카라멜 팝콘은 정말 맛있었다. 팝콘, 그리고 함께 영화를 보러간 친구덕분에 날씨는 추위 꽁꽁 얼 것 같았지만 정말 그 주 최고로 행복한 하루를 보낼 수 있었다. 어렸을 때 나는 이 팝콘이 먹고 싶어서 매주 엄마에게 영화 보러 가자고 조르기도 했다. 집에서 전자렌지로 팝콘을 해먹으면 이 맛이 안 나는데, 영화관에서는 유독 맛있게 느껴진다.

이월드 먹거리

지난 봄, 친구들과 함께 이월드를 갔다. 대구에 이월드에 있어서 정말이지 나는 너무나 좋다. 세상에서 제일 재미있다는 말이 저절로 나왔다. 한창 놀이기구를 좋아하는 우리 나이에는 정말 딱 맞는 곳인 것 같다. 우리가 갔던 그날은 사람이 너무 많아서 놀이기구는 몇 개 못 타고 진짜 너무 추웠는데 교복 입고 가니 더 추워서 정말 꽁꽁 얼어버릴 뻔했다. 그리고 인기있고 스릴 넘치는 몇 개의 기구들을 타기 위해서는 줄도 길었지만 그 정도는 견딜 수 있었다. 내가 제일 좋아하는 친구들이랑 함께였기 때문일 것이다. 가서 재밌게 놀고 사진도 엄청 많이 찍고 맛있는 것도 많이 먹어서 가장 행복한 하루였다. 내년 봄에 또 가야지! 벌써 생각만 해도 기대된다.

책쓰기 후기 ✦

　내가 좋아하는 사진들로 글을 쓰니깐 재미있었고 일기 형식으로 쓰니깐 쓰기 쉬웠다. 하지만 아쉬운 건 내용이 너무 부족하다는 것이다. 다른 친구들은 행복은 주제로 청소년 소설도 쓰고 어떤 선배는 좋은 영화들을 소개한다고도 하는데 내가 하는 건 너무 시시하고 짧지 않은가 걱정이 된다. 그렇지만 친구들에게 희망도 되지 않을까? 글을 매끄럽게 쓰지 못해서 부족하기도 하고 아쉽기도 하지만 이렇게 짧은 글이

라도 우리 학교 책에 참여할 수 있어서 좋다. 그리고 이 글을 쓰면서 내 주위에 행복할 수 있는 것들이 이렇게나 많음에도 불구하고 자주 불평하는 나를 돌아보면서 반성하는 계기가 되었다. 또, 책쓰기 참여에 기회를 주신 우리 동아리 선생님께 감사하다. 다음에 쓴다면 조금 더 준비를 해서 열심히 써야겠다고 생각했다.

맛있는 행복 일기 끝~

행복을
찾아서

- 중2의 행복 되새김

Enjoy Writing Books
박현우

저를 소개합니다

박현우

○ **나이**: 15세 (중2)

○ **좋아하는 것**: 판타지 영화나 소설 감상, 음악 듣기, 바람 부는 날 돌아다니기, 치킨, 사진 찍기

○ **싫어하는 것**: 한문 공부하기, 철학책 읽기, 고사리

○ **단기 목표**: 주말 평균 3시간 이상 책상에 앉아 있기

○ **장기 목표**: 법대

○ **잊지 말아야 할 한 가지**: 어느 곳에 있든 나 자신을 믿고 스스로 책임지며 행동하기

○ **버킷리스트**: 패러글라이딩 하기, 실크로드 여행 가기, 남극가기

○ **좌우명**: 종두득두(種豆得豆), 결자해지(結者解之)

○ **나에게 행복이란**
부딪히고 싸우며 발견하는 기쁨이다.

여행

나는 여행을 할 때 행복을 느낀다. 내가 어렸을 때는 국내 여행을 자주 가곤 했었다. 2주일에 한 번꼴로 여행을 갔던 그때의 나는 여행의 소중함을 모르고 있었다. 하지만 아직 어리지만 그래도 나이가 들수록 내가 경험해 보지 못한 일을 경험한다는 것이 작지만 커다란 깨달음을 준다는 것을 느꼈다. 예를 들면 가족이나 친구의 소중함이나 대자연의 웅장함을 말이다.

가족들과 여행할 때에는 밥 먹고 사진 찍는 하나하나가 다 추억이 되었던 것 같다. 이제 생각해 보니 내가 생각하기에 특별한 추억들은 가족들과의 여행 속에 많다. 그래서 처음으로 비행기를 탔을 때도 가족들과 함께였고 정말 높은 산에 올라가서 고도의 경치를 보았을 때도 가족들과 함께였다. 그런데 그것을 당연히 여겨 가족들과 여행의 소중함을 잊고 있었던 게 아닐까. 앞으로는 가족들과 여행 하나씩을 귀하게 여기고 후회 없을 만큼 즐겨야겠다. 학년이 올라갈수록 가족들과의 여행은 흔하지 않다. 나도 동생도 학원이 많아지고 스케줄이 바빠지고 있다. 그래서 함께하는 시간이 더 의미 있는 것 같다.

친구들과는 야영을 가 보았던 것이 여행의 처음이다. 그 뒤로는 친구들끼리만은 아직 여행을 가 본 적이 없다. 약 1년 전에 갔던 여행인데도 아직까지 생생하게 기억나는 것을 보면 많이 좋았던 것이 분명하다. 직접 요리하고 장기자랑을 연습했던 과정이 재밌고 즐거웠다. 요리를 잘할 수 있다고 큰소리쳤지만 음식이 다 탔을 때의 실망감은 정말이지 엄청나게 컸다. 그 요리를 위해 연습한 것. 그리고

내가 기대한 바가 다 무너져 내리는 기분이었다. 그때 깨달았다. 내가 원하는 대로 다 되지는 않는구나. 이렇게 다 타 버릴 수 있구나. 지금 생각해 보니 그 순간도 추억이다. 타 버린 음식을 생각하면 지금도 웃음이 나니까. 그래도 그때는 굉장히 진지했다. 그래서 다음에는 좀 더 신중하게 행동해야겠구나! 반성했던 기억이 난다.

지금 되돌아보면 웃어넘길 수 있는 일들이 당시에는 왜 그렇게나 심각했는지 잘 모르겠다. 하지만 그 일이 있었기에 요리를 할 때 양을 살피는 계기가 되기도 하였다. (흠흠_지금은 그때보다는 실력이 늘었다.)

다른 야영 때는 한 텐트에서 친구들의 몰랐던 점이나 말하기 어려웠던 일들을 털어놓으면서 웃음과 함께 눈물 콧물 흘리며 서로가 더 돈독해지기도 했다.

그리고 크고 작은 트러블 속에 역할 분담을 잘해야 한다는 것도 깨달았다. 그때 내가 가장 크게 느꼈던 것은 '내가 잘할 수 있는 일이어야 책임질 수 있겠구나.'이다. 무턱대고 손을 들었다가는 나뿐만 아니라 다른 친구들에게도 아쉬움을 남길 수 있기 때문이다.

야영에 대한 추억을 이렇게 마무리하며, 기회가 된다면 나중에 친구들과 가까운 곳으로 당일치기 여행을 가 보고 싶다. 나는 무슨 역할을 맡아 볼까? 생각만 해도 설렌다.

여행에서는 자연의 웅장함도 느낄 수 있었다. 나에게 익숙하지 않은 새로운 곳을 가 보는 경험이기 때문에 평소에 봐 오던 풍경들도 다르게 느껴졌었다. 평소에 좋은 경치를 보았을 때와 여행에서 좋은 경치를 보았을 때의 느낌은 조금 다르다. 평소에는 경치를 보고 잠깐 힘을 내곤 하지만 여행에서는 그 경치를 보고 있는 것만으로도 힐링이 되기 때문이다. 여행에서의 피로나 평소의 걱정들을 잊게 해주는 것이 그 아름다움과 웅장함의 힘인 것 같다.

이렇게 여행은 내가 가고 싶은 곳을 내가 좋아하는 사람들과 함께 가는 것이다. 그러니 그때의 기분은 이루 말할 수 없을 만큼 기쁘고 설렌다. 그래서 나의 행복 요소 첫 번째로 정했다.

다음 여행을 또 기다려 본다.!

드럼

나는 드럼을 칠 때 행복을 느낀다. 나는 새로운 악기를 배우기엔 조금 뒤늦은 중2인 올해(2019) 드럼을 배우기 시작했다. 그 전까지는 드럼을 치는 사람들을 보면 마냥 신기했다. 어떻게 저렇게 많은 통들을 실수 없이 열정적으로 두드릴까? 신나겠다! 하는 느낌과 연주가 너무 멋지다는 생각이었다. 그러던 중 우연히 기회가 생겨서 정말로 내가 드럼을 치게 되었다. 지금은 잠시 쉬고 있지만 3달 동안의 드럼 연습은 나름 좋았다. 어떨 때는 일주일 중에 드럼 치는 날이 기다려질 때도 있었다. 다른 타악기와는 다르게 더 큰 울림이 있어서 그런지

드럼을 칠 때면 가슴이 후련해지는 느낌이 들었다. 속이 뻥 뚫리는 느낌이랄까. 드럼 스틱과 도구에는 '하이햇'과 '스네어', '킥' 등 여러 가지 명칭이 있었는데 그중에 가장 기억에 남는 것은 발로 밟아서 소리를 내는 '킥'이었다.

처음에는 발바닥 앞부분을 민다는 느낌으로 밟으라고 해서 '대체 무슨 말이지' 하고 알아듣지 못했다. 드럼을 실제로 칠 때도 킥을 제대로 밟지 못해서 종종 혼나곤 했다. 드럼 자체가 소리가 큰 악기이긴 하지만 그중에서도 킥은 더욱 웅장하고 커다란 느낌이 들었다. 스네어나 하이햇을 치다가도 중간에 킥이 들어가면 묵직한 돌이 떨어지는 듯 정리가 되었다. 굵고 묵직한 느낌의 킥이 중요했기 때문에 선생님도 킥을 차는 것을 많이 도와주셨다.

어떤 날은 킥에만 집중하다가 다른 박자는 제대로 맞추지 못하기도 했었다. 선생님도 킥을 은근 강조하는 것을 보니 굵고 묵직한 이 부분이 큰 역할을 한다는 것에 놀랐다. 보통 음악에서 낮은음은 기본을 깔아 줘서 다른 높은음 사이에서 묻히기 마련이라고 생각했다. 그런데 킥도 나름 중요한 부분을 차지한다는 것에 놀랐다. 어떤 날은 킥만 너무 열심히 해서 오른쪽 발목의 근육이 뭉치기도 했었다. 그날은 집에 돌아가는 길에도 계속 발목이 아파서 힘들었다. 또 비가 엄청나게 많이 내리는 쌀쌀한 날씨에도 드럼을 빼먹지 않았다. 아침부터 우산을 써도 비가 오는 날씨 탓에 고생을 했다. 양말도 다 젖고 찝찝했지만 드럼을 치기 위해 꿉꿉함도 꿋꿋이 견뎌 냈다.

드럼을 치기 전에 선생님과 이론 수업을 했었는데 그때 박자를 익히기 위해 드럼패드와 스틱으로 연습을 하곤 했다. 직접 드럼을 연주하는 것도 재미있었지만 딱딱한 드럼패드를 두드리는 느낌도 좋았다. 나무와 고무의 중간을 치는 느낌이었다. 딱딱한 패드를 치고 나면 패드 때문에 닳은 드럼스틱이 대견해 보이기도 했다. 드럼 치는 순간이 참 행복했기에, 드럼은 기회가 된다면 꼭 또 도전해 보고 싶은 악기다.

사진

나는 사진 찍을 때에 행복을 느낀다. 인물 사진도 좋지만 날씨가 좋은 날에는 풍경을 주로 찍곤 한다. 특히나 맑은 하늘 사진. 사진을 찍다 보면 진짜 생생하게 나오는 타이밍이 있다. 눈으로 미처 다 담아 가지 못하는 아름다움을 사진으로 남기는 것. 예를 들어 구름이 흘러가는 그 순간에는 창의적인 자연의 아름다움과 거대함을 느낄 수 있다. 그렇지만 자연의 거대함을 느꼈을 때 사진을 찍어야겠다는 생각이 들기도 전에 아름다운 풍경이 끝나 버리기도 한다. 잠깐 절정에 다

 다랐다 다시 그저 그런 일상적인 풍경이 되어 버린다. 그 후에 정신을 차리고 사진을 찍어 보려 해도 그 아름다운 순간의 풍경 사진은 찍히지 않는다. 자연의 거대함은 매번 볼 때마다 신비롭고 색다른 느낌을 준다.

여행을 갔을 때 해돋이나 해지는 것을 가끔 보기도 했는데 항상 같은 태양인데도 매번 다르게 느껴졌다. 그러니 다른 무수한 자연은 얼마나 더 흥미롭게 다가오겠는가.

나는 하루하루를 살아가는 삶의 대한 태도도 이와 비슷하다고 생각한다. 날씨가 어떻게 변할지는 정확하게 예측할 수 없는 것처럼 매일매일의 상황이 어떻게 변할지 정확하게 알 수 없기 때문이다. 그래서 나의 하루를 절정에 다다른 하나의 아름다운 풍경이라고 생각하고 매 순간에 주어진 환경에서 최선을 다해야겠다고 다짐해 본다.

책

나는 조용히 나만의 시간을 가지며 책을 읽을 때 행복을 느낀다. 책을 읽는 속도가 느린 편이라서 속독이나 다독을 하지는 못하지만 한번 빠져든 책은 다 읽을 때까지 꼼꼼히 정독할 수 있다. 그중에서도 판타지 소설을 가장 좋아한다. 현실을 비판하거나 풍자, 있는 그대로 자신의 경험이나 그것을 바탕으로 한 소설을 읽는 것도 재밌다. 하지만 이상하게도 판타지를 읽기 시작하면 전자의 책들보다 읽는 속도가 빨라진다. 현실은 어차피 있는 그대로이므로 독서할 때만큼은 있는 현실을 떠나 상상 속의 세계로 독특한 것을 느끼고 싶어서 그런 것일지도 모른다. 알고 보면 주인공도 우리와 크게 다를 바는 없다. 단지 미묘하고 조금은 신비스러운 세계에서 산다는 것 외에는. 난 그 미묘한 세계에 대한 매력이 나를 끌었다고 생각한다. 현실과는 다른 새로운 것에 흥미를 느껴서 말이다.

'달빛 마신 소녀'라는 책은 내가 판타지를 좋아하게 만드는 데 한몫을 했다고 생각한다. 이 책은 양장본인 표지가 마음에 들어서 읽게 되었다. 책 속에서 마녀와 함께하는 용인 피리언의 엄마가 한 말이 가장 기억에 남는다. '적당한 때가 되면, 네가 세상에 있는 이유를 알게 될 거야. 너는 이 아름다운 세상에서 위대한 존재가 될 거야.' 이 구절이다. 더도 덜도 말고 딱 이 말 그대로가 와 닿았다. 책에서 피리언은 자신의 정체성에 의문을 가질 때쯤 어머니의 말씀을 되새긴다. 엄마의 말씀을 되새긴 피리언은 그 전보다 훨씬 강인한 존재가 된다. 마음의 성숙을 이루었기 때문이다. 이 말은 엄마가 아들에게 해 줄 수 있는 말이기도 하지만 내가 나 자신에게 해 줄 수 있는 말이기도 했다. 그래서 오래도록 기억에 남는 것이리라. 또한 앞으로 내가 누군가에게 건네줄 수 있는 말이다. 누구나 한 번쯤은 살면서 자신의 정체성에 대해 궁금해할 것이라고 생각한다. 이럴 때에 어떤 책을 읽어야 할지 망설여진다면 판타지 소설을 통해 마음의 안정을 취하는 것도 좋다고 생각한다. 나도 이 책을 읽고 편안한 마음으로 다른 일을 할 수 있었다.

꽃

꽃을 싫어하는 사람들은 드물겠지만, 나 또한 꽃을 볼 때에 행복을 느낀다. 꽃은 내가 생각하는 것보다 자주 볼 수 있었다. 등하굣길을 걸을 때나 등산을 할 때, 하천이나 호수를 거닐 때 등 여러 곳에서 꽃을 볼 수 있다. 너무나 일상적이라 지나치기 쉽기 때문에 가끔 꽃을 자세히 보는 것이 흥미롭다고 생각한다.

　사람들은 꽃을 보면 즐거워한다. 하지만 사실 나는 허구한 날 보이는 꽃들이 그렇게 달갑지만은 않았다. 꽃을 보기 전에는 기분이 좋지 않은 일들만 생겼기 때문이다. 괜히 내 기분 탓이었을까? 그런데 주변 사람들이 꽃을 보면서 주위가 조용해지 길래 나도 무슨 일인가 싶어서 가서 꽃을 들여다보았다. 유심히 들여다보고 있으니 갑자기 꽃이 어떻게 피었을까 하는 궁금증이 생겼다. 꽃은 말 그대로 꽃 그 자체였다. 그 가녀림과 은은한 향기가 참 마음을 편안하게 만들었다. 굳이 특별할 것도 곧 시들 것이라서 불쌍할 것도 없었다. 그 자체로 예쁘고 빛이 났다. 그리고 그 꽃을 보고 있으면 마음이 따뜻해졌다.

　저 꽃이 피기 위해 얼마나 많은 비와 바람과 햇살을 맞았을까. 그리고 저 땅을 뚫고 올라오기 위해서 얼마나 많은 노력과 힘이 필요했을까. 그렇게 생각하니 내가 보고 있는 꽃들이 힘든 시련을 이겨내고 경쟁자들과 함께 올라온 수많은 꽃 중에 몇 송이라는 것을 깨달았다. 지상에서는 연약하고 작게만 보이던 꽃들이 자신의 모습을 세상에 보이기 위해 올라왔다는 것이 놀라웠다. 깨달음을 얻은 뒤에 꽃을 다시 보니 꽃 한 송이마다 저마다의 사연이 있을 것이 짐작이 갔다. 그리고 그 꽃들이 특별해 보이기 시작했고, 점점 좋아지기 시작했다.

친구

친구들과 함께 할 때 행복을 느낀다. 2학년 때 간 현장체험학습에서 친구들과 잊지 못할 즐거운 추억을 만들고 왔었다.

당일치기 체험학습이라 불만이 있었지만 그만큼 더 알차게 보낸 것 같아서 좋았다. 지금도 그때 사진을 보고 웃곤 한다.

또한 생일에 나는 친구들로부터 긴 편지를 받았다.

긴 연휴 근처라서 친구들이 까먹을 것 같았지만 잊지 않고 정성 가

득 편지를 써 주어서 감동 받았다. 친구들과 함께 한 기쁜 일도 많지만 슬픈 일도 있었다. 나는 예전에 지갑을 잃어

버린 적이 있다. 다시 찾긴 하였지만, 당시에는 무척 당황스러웠다. 그날 친구들을 만나러 가는 길이었는데 지갑을 잃어 버리는 바람에 약속 장소에도 한참 지난 후 도착해서 속상했다. 친구들에게 사정을 말하니 위로를 받을 수 있었다. 다 내 잘못인 것만 같고 나 자신을 원망 많이 했었는데 위로를 받으니 기분이 훨씬 나아졌었다. 그날 집에 가서도 꾸중을 들었지만 친구들의 말을 기억하며 힘을 냈다.

치킨

나는 치킨을 먹을 때 행복을 느낀다. 고기를 좋아하는데 그 중에서도 가장 좋아하는 것이 치킨이다. 치킨이 좋은 이유는 나도 잘 모

르겠다. 그저 식감이 바삭바삭해서일지도 모른다. 근데 이것 하나는 확실하다. 치킨을 먹을 때는 다른 잡생각이 들지 않는다. 특히 순살이 아닌 닭 한 마리를 통째로 먹을 때는 말이다. 뼈를 발라내기 위해서 집중하다 보면 다른 생각이 끼어들 틈이 없다. 나는 평소 잡생각을 많이 하는 편이라 집중하기가 쉽지 않다. 숙제할 때도 할까 말까 한 집중을 치킨 먹을 때 한다는 것이 신기했다. 치킨을 파는 체인점 가게는 매우 많다. 하지만 나는 그중에서도 b○○사의 맛○○이 가장 맛있다고 생각한다. 보통 맛○○보다 뿌○○을 더 좋아하는 사람이 많지만 나는 맛○○ 특유의 맛을 좋아한다. 찹쌀가루와 간장 양념이 함께 있어 더 맛있다고 생각한다.(치킨업체와 관련 없음)

햇살

　　나는 따스하고 포근한 햇볕을 쬘 때 행복을 느낀다. 이 글을 읽는 사람 중에서 '쪄 죽을 것 같은 여름이 좋은가.' 하고 생각하는 사람이 있을지도 모르겠다. 하지만 나는 더위가 아니라 햇볕을 좋아하는 것이다. 예전에는 길을 걸을 때면 내리쬐는 햇볕이 너무 뜨겁고 짜증나서 가만히 있는데도 불쾌지수가 높아졌다. 하지만 요즘 미세 먼지 때문에 맑은 하늘을 볼 수 있는 날도 점점 줄어들고 있고, 이러다가는 햇빛도 잘 도달하지 못할 수도 있다는 불안감이 생기고 있다.

　　한편으로는 지구 온난화로 해마다 뜨거운 날이 계속 더해질 것

이고 어쩌면 환경오염 때문에 앞으로 여름이 훨씬 더 더워질지도 모르는 일이었다. 그래서 이왕이면 쨍하게 뜨거운 날들을 즐겨 보기로 마음을 먹었다. 매번 화를 내봤자 힘들고 손해 보는 것은 태양이 아닌 훨씬 약한 내 쪽이었기 때문이다. 그러다 어느 날 그 풍경을 사진으로 찍어 보았다. 나는 사진 찍기를 좋아하니까 무의식적으로 찍어 본 것이다. 사진을 보니 뜨겁다 못해 강렬한 태양이 카메라 렌즈를 정통으로 비추고 있었다. (이럴 때 조심해야 하긴 한다. 눈 보호!) 나는 그때를 아직도 기억한다. 엄청 더운 여름날 햇살이 눈부셔서 핸드폰으로 가리다가 사진을 찍은 것이다. 사진 속의 햇살을 보고 나도 어느 곳에서든 태양처럼 확실하게 빛나는 밝은 사람이 되고 싶다는 생각이 들었다. 그것에 감명받아 그 후로 사진을 더 많이 찍은 것 같기도 하다. 결론은 난 햇볕 · 햇빛 · 햇살 · 태양이 좋다는 것.

글을 마치며 ◇

안녕하세요! '행복을 찾아서'라는 위의 글을 쓴 중학교 2학년 학생 박현우입니다.

제목을 어떻게 지을까 많이 고민을 하다가 고른 제목이에요. 오글거리는 느낌이 있긴 하지만 너그럽게 이해해 주실 것이라 믿습니다!

글을 쓰면서 15살 1년 동안의 추억을 다시 되돌아본 것 같아 뜻깊은 경험인 것 같습니다. 평소에는 못해 보았던 생각들을 이 경험을 통해 해 보아서 좋았습니다. 글을 쓰기 위해서는 수많은 생각과 고민이 있어야 한다는 것도 깨달았습니다. 글을 잘 쓰는 것은 정말 쉽지 않은 일이라는 것도 느꼈고요.

개인적으로는 책쓰기 동아리를 통해 처음 긴 글을 쓰게 되어서 매우 신기합니다. 평소에 책을 읽으면서 만약 내가 책처럼 긴 글을 쓴다면 어떤 느낌일지 많이 궁금해했는데 이제는 아주 조금은 알게 되어 뿌듯하기도 합니다. 이때까지 써 본 글 중에 가장 길어서 그런 것도 있지만 직접 찍은 사진을 첨

가해서 더 뿌듯한 것 같습니다. 평소에 사진을 찍어 놓은 것이 이렇게 쓰일 줄은 몰랐는데 직접 찍은 사진에 설명을 쓰는 듯해서 재미있게 쓴 것 같습니다.

끝으로 이 글로 많은 것을 깨닫고 생각하게 해 주신 사서 선생님께 감사하다는 말을 꼭 해드리고 싶습니다. 잊지 못할 경험이 된 것 같습니다. 그리고 이 글의 사진에 자신의 손·발이 등장함을 허락해 준 친구들에게도 고마움을 느낍니다. 마지막으로 이 글을 끝까지 읽어 주신 여러분들께도 감사드립니다 ÷)

중학생이 된
'나'와 일상의
'행복'

Enjoy Writing Books
정연권

정연권

○ **이름**: 정연권 (12월 한 해의 끝, 추울 때 탄생)
○ **나이**: 15세 – 중2
○ **장래 희망**: 1. 한국사 선생님
　　　　　　　 2. 스포츠 전력 분석가 – 종목: 야구

○ **취미**: 국내 야구 & 해외 축구 시청, 게임
○ **특기**: 한국사
○ **좌우명**: 실패는 순간의 만족에서 시작된다.

○ **나에게 행복이란**
　기분을 끌어올려 주는 것이다.

역사

이 사진을 가장 먼저 넣은 이유_

내 책가방 속에서 내가 가장 많이 꺼내고 넣는, 그야말로 최애 교과서이기 때문이다. 역사는 가장 잘하고 좋아하는 과목이다. 왠지 모르지만 내가 초등학생 때부터 내가 가장 좋아했고 늘 궁금해했었다. 역사를 잊은 민족에게 미래는 없다고 하는데, 나는 우리나라의 역사를 잘 알고 있는 학생이 되고 싶다. 그리고 그 역사를 잊지 않는 국민이 되고 싶기도 하다.

역사 시간이 가장 행복하기 때문에, 나중에 나이가 들어서도 15살을 추억할 때 역사 교과서를 꼭 기억하고 싶다. (다음 교육과정 역사 교과서가 더 예쁘게 바뀐다는데 아쉽다.)

수학

모든 과목을 잘하면 얼마나 좋을까.

앞서 좋아하는 과목을 넣었으니 그 반대도 있다는 생각에 수학 교과서도 넣었다. 사실 초등학교 때는 내가 수학을 어느 정도 잘한 다고 생각했다. 그때는 초등 수학이 쉬워서 점수가 그런대로 잘 나 왔기 때문이다. 그렇지만 중1이 되었을 때 조금 어렵다고 느꼈고, 중 2 1학기 기말고사에서는 점수가. 지금까지의 점수 중에서 가장 낮았 다. 그래서 수학에 대한 자신감이 떨어졌다. 수업 시간에도 기운이 없는 것 같다. 만약 이번 시험에서 점수가 오른다면 나는 자신감도

회복하고, 수학 시간에도 지금보다 행복할 수 있을 것 같다. 지금부터라도 열심히 해 봐야지.

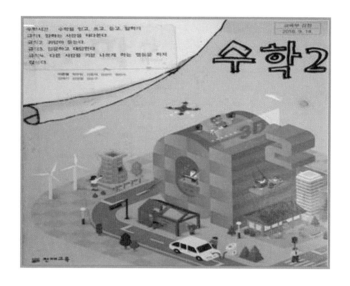

행복한 하루

이 사진에 나오는 'A lucky day'라는 문구는 내가 쓴 것은 아니다. 반 친구들과 일부 친구들에게 입소문으로 '명필'이라 알려진 우리 고산중학교 국어B(적어도 우리 4반에서는 국어B) 선생님인 김○숙 선생님께서 쓰신 것이다.

물론 수업도 잘하시지만, 글씨를 너무 잘 쓰신다. 그리고 종종 좋은 문구를 칠판에 적어 주기도 하신다. 위의 사진은 바로 어제 사진이다. 화요일 7교시는 정말 힘든데, 마지막 시간에 이렇게 적어 주셔서 힘이 났다. 수업 중의 작은 행복이었다. 바라보고 있으니 기분이 좋아서 수업을 마치고 휴대폰을 받아서 지워지기 전에 이렇게 찍어 두었다. 찍으며 이런 것이 바로 소확행 (소소하지만 확실한 행복) 아닐까 하는 생각이 들었다.

잠. 그리고 잠.

ZZZZZZ

ZZZZZZZZ

ZZZZZZZZZZZZ

까. 이유는 단순하다. 나는 공부하거나 친구들과 노는 시간을 제외하고 자유시간이 생기면 잔다. 잔다는 행위 그 자체를 무척 좋아한다. (어렸을 때부터 나는 참 잘 잤다고 한다.) 중학생이 되고 난 후에 어쩔 수 없이 학원이 늘어나고 숙제가 많아져서 점점 자는 시간이 늦어지고 있다. 공부를 하고 자면 보통 새벽 1시쯤이어서 잠이 부족하다고 느끼고, 또 잠이 부족하다 느끼니까 잠을 더 자고 싶은 소망이 생기고, 그 소망은 잠을 더 좋아하게 만들었다. 내 사랑 잠.

숙제

Do your homework, now!
네 숙제 해, 지금!

눈치가 좀 빠른 편이라면 이 이미지를 내가 왜 넣었는지 알 수 있을 것이다. 맞다. 저 글자들은 내가 가장 싫어하는 것이다. 아무래도 중학생, 아니 그냥 초등학생부터 대학생, 좀 더 길게 나가면 죽을 때까지 본업이든 본업이 아니든 학생이라는 신분으로 살고 있다면 99% 정도는 아마 가장 싫어하는 것일 것이다. 초등학교 때는 학교가 다 재미있었고 그때는 숙제하는 것도 좋았다. 하지만 중학생이 되자 자연스레 공부의 양이 늘고 공부의 양이 늘자 숙제 역시 그만큼 많아지면서 서서히 숙제가 싫어진? 가장 평범하고 일반적인 케이스다. 다른 친구들도 아마 그럴 것이라고 생각한다.

나는 오늘도 기대해 본다.
언젠가는 나도 숙제가 좋아질 날이 올까?
숙제가 좋아지면 정말 행복할 것 같다.
(흠_ 그러나 이번 생애에 그럴 일은 없을 것 같다는 슬픈 예감.
숙제는 숙제니까)

사인회

아마 고등학교 졸업할 때까지는 내 인생에서 가장 기억에 남는 순간 Best 5 안에는 늘지 않을까 싶다. 내가 좋아하는 야구 주제 책이어서 읽으려고 〈나.36. 이승엽〉을 시내 교O문고에서 샀는데 사인회 100명 추첨권을 준다는 포스터를 보고 추첨권을 넣었다. '되면 정말 좋고 안 되도 상관없고' 하는 생각이었는데 문자로 당첨되었다면서 O월 OO일 O시에 로비로 오라고 적혀 있어서 정말 떨 듯이 기뻤다. 엄마, 큰누나와 내가 구입한 자서전과 함께 집에 사두었던 유니폼, 모자까지 들고 가서 사인을 받았다. 야구를 좋아하면서도 야구선수 실제 모습을 가까이, 선명하게 본 적은 없었는데 한국 야구의 레전드 이승엽 선수를 바로 앞에서 보니 신기하고 감동적이었다.

친구

이 사진을 소개하기 전에 먼저 밝혀두겠다.

이 두 사진은 분명히 '친구의 동의를 받고' 촬영하였으며, 나의 글에 신고자 한다고 이야기를 했다. 친구들도 흔쾌히 괜찮다고 해 주었다. 그러니까 초상권에 전혀 문제가 없는 사진이다.

가장 친한 친구1, 신우 (왼쪽)

신우는 같은 학교인 고산중학교 친구이다. 신우는 같은 초등학교였지만 다른 반이었기 때문에 인사만 하고 지내는 정도였는데 중1 때 같은 학교 같은 반이 되면서 엄청 친해졌다. 갑자기? 라고 생각할 수도 있는데 중학교 1학년 때 반에서 같은 초등학교였던 친구들이 나와 신우, 두 명밖에 없었기 때문에 자연스레 절친이 될 수밖에 없었다. 2학년인 지금까지도 가장 친한, 앞으로도 친하고 싶은 친구이다.

가장 친한 친구2, 정혁이 (오른쪽)

정혁이는 다른 학교인 인근 매호중학교에 다니는 나의 절친이다. 보통 같은 중학교에 다니는 친구끼리 친해지는 경우가 많아서, 대부분의 아이들이 정혁이와 어떻게 친해졌냐고 묻는다. 정혁이는 초등학교 3학년 때 집에서 가까운 영어학원에서 만났다. (무언가 너무 많은 정보를 알리면 안 될 것 같아 학원 이름은 말하지 않겠다.) 영어 학원에서 만났는데 6학년 때는 같은 반까지 하면서 자연스레 만날 기회와 시간이 늘었고 어느새 지금 다른 중학교 학생 중에서 가장 친한 친구가 되었다.

이 두 명의 친구들 덕분에 나의 생활은 제법 재미있다.

아니, 행복하다고 해야 할까? 내가 힘들 때 도와주고, 수다도 떠는, 항상 옆에 있어 주는 이 친구들이 있어 고맙고 행복하다. 이 친구들에게도 내가 행복의 요소가 되었으면 좋겠다고 생각한다.

일상 속의 소소한 행복

이런 게 있었던가? 1. 가드레일

고산중학교에서 매호중학교 쪽으로 넘어갈 때 매호6교를 통해서 쭉 가면 볼 수 있는 가드레일이다. 이 가드레일이 길게 설치된 그 마주 보는 두 인도는 근처에 분식집이 있어 학생들이 이쪽에서 저쪽으로 또는 그 반대로 무단횡단을 자주 하는 곳이었다. 학생들이 무단횡단을 많이 한다는 걸 수성구 예산 집행하시는 그런 분들이 들으시거나 본 모양이시다. 그래서 안전을 위해 설치해 주신 것 같다. 작은 변화지만 우리 학교 학생들의 등하굣길이 훨씬 안전해졌다.

이런 게 있었던가? 2. 아파트 단지 길고양이들(길냥이)

솔직히 아파트 경비실에서 '요즘 길고양이들이 늘었다'고 방송을 할 때부터 '그 정도로 많나?' 생각했는데 내가 그동안 관심을 가지지 않아서 그렇지 정말 많이 늘어난 것 같다. 며칠 전의 그 방송이 생각나서 유심히 관찰하기 시작했다. 하교하면서 눈에 보이는 게 3마리였으니 전체 개체 수는 그보다 훨씬 많을 것이다. 어린 길고양이들은 무척이나 귀엽지만, 몇몇은 나를 보며 불안한 듯 노려봐서 할퀴기라도 할까 봐 살짝 무섭기도 했다. 그렇지만 고양이를 발견하면 괜히 기분이 좋다.

이런 게 있었던가? 3. 금세 높아지고 맑아진 하늘

최근에 하늘을 올려다본 적이 별로 없었다. 그냥 '이제 좀 덜 덥다'라고만 생각했다. 그래서 이렇게 하늘이 높아지고 맑아진 줄 몰랐다. 정말 가을이 되었나 보다. 행복 에세이를 하게 되면서 사진 거리를 이것저것 찾다가 하늘을 올려봤는데 높은 것보다도 굉장히 맑은 하늘색이라 진심으로 속이 시원해지는 거 같아서 기분이 좋았고, 바로 사진을 찍었다.

작가들의 말을 빌리자면 '필설로 형언할 수 없는 기분이었다.'고 표현할 수 있을 것 같다. 한참을 올려다보게 만드는, 그리고 행복하게 하는 색감의 하늘이다.

2019. 기억 속 행복

올해 기억하고 싶은 순간 1. 첫 해돋이

열다섯 살이나 되었지만, 올해가 되어서야 난생처음 해돋이를 보러 갔다. 해돋이를 목적으로 잠이 많은 내가 일찍 일어나거나 해돋이 명소까지 등산한 적은 단 한 번도 없었기 때문이다.

그래서 동트기 전 새벽 등산을 한 것도 처음이었다. 내가 1월 1일에 집 근처 천을산을 부모님 없이 친구와 과감하게 새벽 등산을 한 이유는 오로지 해돋이 때문었다. 학교 방학식을 마치고 집에 돌아가는 길에 연말마다 걸려 있던 해돋이 현수막을 봤는데 '이번에는 가야겠다'는 생각이 들어서 친한 친구들 단톡에 '갈 사람?' 하고 물었더니 도원이랑 신우가 가겠다고 했는데 신우는 그날 늦잠을 자서 같이 못 갔고 도원이랑 둘이서 5시 45분에 출발해서 6시 30분쯤에 도착해서 해 뜨기를 기다렸다. 산 중턱에서 올라오는 해를 보는 것은 정말 감동이었다. 해를 보면서 지난해의 나쁜 추억은 잊고 올해는 좋은 추억만 더 많이 남기기로 했다. 정말 행복한 순간이었다.

(TMI: 글에 나왔던 3명끼리 앞으로 매년 가기로 했다.)

올해 기억하고 싶은 순간 2. 설날

저 사진을 설명 없이 보면 설날과 연결시키기 어려울 거 같다. 우리 집은 할아버지가 돌아가셔서 설에 할아버지 댁 대신 경주 큰집에 모인다. 설 전날에 제사 음식을 끝마치면 1~2시쯤이고, 점심을 먹고 3시쯤에 큰엄마가 미리 정해두신 카페에 가서 2시간 정도 있다가 온다. 모두가 함께 고생했으니 차 한 잔 하며 쉬자는 의미에서이다. 몇 년째 그래왔기에 모두들 습관처럼 기대를 한다. 올해는 어디를 가 볼까 하고 말이다. 이번에 새롭게 갔던 카페는 바로 창 밖에 보문호가 있는데다 조경수 관리도 잘해 놔서 경치가 정말 아름다웠다. 가슴이 탁 트이는 공간이었다. 저 카페에서 어른들이랑 이야기도 나누고 작은누나랑 밖에 나가서 사진도 찍으며 정말 재밌게 보내서 기억하고 싶은 순간이다.

올해 기억하고 싶은 순간 3. 벚꽃(봄 그 짧은 순간)

내가 벚꽃을 넣은 이유는 가장 좋아하는 계절이 봄이기도 하고 십대-한창 감성적일(?) 나이라서 넣었다. 위의 사진은 우리 학교 앞으로 벚꽃이 이제 막 떨어질 때 찍은 사진이다. 풍경이 예쁘기도 하고 흩날리는 벚꽃 길을 걷는 느낌이 참 좋았다. 그래서 벌써 몇 달이나 지났지만 핸드폰에서 지우지 않는 사진이기도 하다. 벚꽃이 활짝 핀 기간이 너무나 짧아서 조금 아쉬웠지만 봄에는 항상 등·하굣길에 벚꽃이 있어 좋았다. 중3이 되는 내년 봄에도 아름다운 벚꽃이 활짝 펴서 나뿐 아니라 다른 친구들에게도 학교 가는 길이 조금이라도 행복했으면 좋겠다.

올해 기억하고 싶은 순간 4. 야구장(라팍)

삼성라이온즈를 내가 초등학교 1학년 때부터 좋아한 만큼 올해 가장 기억하고 싶은 순간에 역시 야구장 '삼성 라팍(라이온스 파크)' 가 빠질 수 없다. 야구장은 나에게는 행복이자 스트레스 해소장 이다. 특히 삼성라이온즈 팬들밖에 없는 3루 블루존에 가면 앉아서는 절대로 경기를 볼 수 없다. 모든 사람들이 다 일어서서 목이 터져라 응원하기 때문에 자동으로 일어설 수밖에 없게 된다. TV중계에서도 엄청난 응원을 보여 주고자 이 관중석을 지속적으로 화면에 띄워 주기에 흥겨움이 배가 되는 곳이다. 다들 목청껏 응원을 하고 걱정 따위는 없다는 듯이 즐거움과 열정을 표현하기 때문에 야구장에 가기 전에 혹시 힘든 일이 있었더라도 야구장에 가면 즐겁고 행복해진다. 내가 야구장을 좋아하는 이유 중 하나다.

후기 ✧

흠·········.

벌써 후기를 써도 되는 건가 싶다.

(내용이 너무 빈약하지 않은가 심히 걱정되기 때문이다.)

이 글을 쓰면서 좋았던 점과 아쉬웠던 점들을 되새겨 보며 마치려고 한다.

일단 좋은 점은 삶의 여유를 찾으며, 조금 쉬어가며 주위를 둘러보는 기회가 되었다. 이것이야말로 정말 '행복'이라는 주제로 글을 쓰는 이유가 아닌가 한다. 본문에도 말했듯이 하늘을 바라보며 가을의 아름다움을 느끼게 되었고, 여유롭게 주위를 둘러보며 나의 생활 속 아름답고 행복한 부분을 생각하며 글감과 사진감을 찾는 시간이 재미있었다.

아쉽고 힘들었던 점은 숙제한다는 등 시간이 없다는 등, 잠을 더 자야 한다는 등의 핑계로 글쓰기를 계속 미루다가 시험 기간에 글을 써야 해서 힘들었다는 것이다. 긴 글은 아니지만, 글쓰기가 낯선 나에게는 상당한 시간이 소요되는 활동이었다. 내가 조금 더 부지런했다면 후회 없이 더 잘할 수 있었을 것 같은데…… 흠……. 아무래도 내가 좋아하는 잠을 줄여야 할 것 같기도 하다. 시험공부와 글쓰기를 함께 해서 힘들었지만 어쨌든 마쳐서 후련하다. 앞으로 조금 줄이겠지만, 오늘은 수고한 나를 위해 좋아하는 잠을 자야지!